# 마음을 가꾸어 주는 작은 이야기

이가출판사

## 들어가는 글

세상을 떠돌며 인생을 공부하던 나그네가 있었습니다. 높은 산을 힘겹게 넘어 그가 도착한 곳은 큰 강이 흐르는 강가였습니다. 배가 없는 그에게 강을 건넌다는 것은 불가능했습니다. 나루터에는 작은 배 한 척이 조용히 묶여 있을 뿐이었습니다. 그는 무작정 뱃사공이 나타나기만을 기다렸습니다.

드디어 아침이 밝아오자 뱃사공이 나타났습니다. 나그네는 배를 태워 달라고 부탁을 하며 말했습니다.

"당신이 부럽군요. 이렇게 배를 가지고 있으니 쉽게 강을 건널 수 있지 않습니까?"

뱃사공이 말했습니다.

"나는 오히려 배가 없는 당신이 부럽소. 나는 이 배 때문에 다른 곳은 갈 수 없다오. 배를 짊어지고 산에 오를 수는 없지 않소?"

무엇인가를 소유한다는 자체가 무거운 짐이 되고 우리의 발목을 잡는 족쇄가 되기도 합니다. 그러나 우리는 끊임없이 무엇인가를 소유하려고 노력합니다. 그러다가 결국은 소유하고 있는 것들에게 인생의 주도권을 빼앗기고 맙니다. 배에 묶여 버린 뱃사공처럼 말입니다.

이 책에는 소유하지 않고도 세상을 행복하게 살아갈 수 있는 방법들이 들어 있습니다.
　배가 없는 나그네가 뱃사공의 도움을 받아 강을 건너는 것처럼, 그리고 강을 떠나 보지 못한 뱃사공이 나그네의 입을 통해 높은 산과 계곡의 이야기를 들을 수 있는 것처럼, 많은 것을 소유하지 않더라도 우리는 서로에게 도움을 주는 방법으로 부유해지고 행복해지고 편안해지는 것입니다.

　당신은 이 책 속에서 많은 사람들을 만나게 될 것입니다. 그들은 모두 당신이 이제까지 살아온 인생을, 혹은 앞으로 살아가게 될 인생의 모습들을 보여주게 될 것입니다.
　서로 돕지 않아 가난해진 사람과 서로 도와 부자인 사람, 모든 것을 소유하려고 해서 더욱 초라해진 사람과 모든 것을 나눠주어 부유해진 사람들을 말입니다.
　이제 그 속에서 당신의 모습을 찾아보시기 바랍니다.


　　　　　　　　　　　　　　　　　　　이 도 환

# 차 례

## 2부 • 사랑의 향기

## 3부 • 삶의 향기

고통과 번민도 낙엽과 같습니다.
가끔씩 한 번
쓸어주면 됩니다.

# 지혜의 향기

## 1부

저기, 저 낙엽들을 보거라.
가을 낙엽은 쓸어도 쓸어도 끝이 없는 것이니라.
그렇다고 낙엽에게 뭐라고 할 수 있겠느냐?
그냥 내버려 두거라.
가끔 이렇게 쓸어 주면 그뿐이지.

## 이상한 계산법

무소유와 천진한 성품으로 유명한 스님이 한 분 계셨다. 스님은 자신이 가는 곳마다 주변의 땅을 일구고 경작을 하여 일하는 스님으로도 널리 알려져 있었다.

어느 해에 스님은 몇 십 년을 모아서 마침내 논 열 마지기를 소유하게 되었다. 그런데 그 열 마지기의 논을 모두 팔아 버린 스님은 그 돈을 모두 투자하여 산등성이를 사서 개간하기 시작했다.

그런데 땅에 돌이 얼마나 많던지 땅을 파고 돌을 캐어 둑을 쌓는 데 많은 돈이 들게 되어 열 마지기를 판돈으로 겨우 다섯 마지기의 논밖에 만들 수가 없었다. 그럼에도 불구하고 스님은 아주 기뻐하며 여러 사람들에게 이렇게 말했다.

"올해는 참으로 좋은 해로군요. 논을 다섯 마지기나 장만하였으니 말입니다."

사람들은 어이가 없어 할 말을 잃었다. 다섯 마지기를 잃어버리고도 그런 말을 하는 스님을 보고 한 젊은 제자가 답답하다는 듯이 말했다.

"스님도 참 딱하십니다. 논 다섯 마지기를 손해보신 것이지

어떻게 다섯 마지기 번 것입니까?"

　"어허! 그게 무슨 말이오? 처음의 열 마지기는 저 아랫마을 김서방이 사서 잘 짓고 있으니 좋은 일이고, 산등성이에 있는 다섯 마지기의 논은 새로 얻은 것이니 이 얼마나 좋은 일이오!"

사람은 모두 각자의 창문을 통해 세상을
내다보고 있습니다.
당신의 창문을 활짝 여십시오.
당신이 지금 느끼고 보고 있는 것 이상으로
넓고 깊은 세계가 있습니다.

## 대나무가 된 화가

어느 날, 아주 유명한 화가의 제자가 대나무 그림을 그리는 것을 보고 스승이 말했다.

"네 스스로 대나무가 되기 전에는 아무리 열심히 대나무를 그린다 하여도 그것은 온전한 그림이 될 수 없다. 너는 그 대나무를 내면에서부터 느끼고 있어야 한다."

그 후 제자는 숲 속으로 들어갔고, 삼 년 동안 그를 보았다는 사람이 아무도 없었다. 삼 년 동안 제자로부터 소식이 끊어지자 스승은 걱정이 되었다.

'너무 오래 걸리는 것이 아닌가!'

스승은 사람들을 숲으로 보내 제자를 찾게 했다. 사람들을 보내면서 스승은 이렇게 당부했다.

"대나무를 하나하나 잘 살펴보아라. 혹시 그가 대나무가 되어 있을 지도 모르니 말이다."

사람들은 숲 속으로 들어가 유심히 대나무들을 살펴보다가 깜짝 놀라고 말았다. 대나무들이 바람에 흔들리고 있는 사이에 그 제자가 대나무들 사이에서 여느 대나무와 다름없이 이리저리 흔들리고 있는 것이 아닌가.

그를 찾으러 갔던 사람들은 놀라움과 신비감에 취해 버렸다.

그는 더 이상 사람이 아니었다. 그는 자기 자신을 완전히 잊어버린 듯 보였다. 그는 정말 하나의 대나무였다. 그의 발은 뿌리처럼 땅속에 묻혀 있었고, 그의 몸은 대나무와 똑같이 흔들리고 있었다.

사람들은 그를 끌어내어 선사에게로 데려왔다. 선사는 제자를 자세히 보더니 이렇게 말했다.

"이제 됐다. 그림을 그려도 좋다. 이제야 너는 진정한 대나무를 그리게 될 것이다. 너는 내면으로부터 대나무를 알게 되었다. 그것이 진정한 앎이다. 그것이 살아 있는 앎이다."

한줄기의 샘이 굳은 땅의 틈을 헤치고 솟아 나오듯이
참고 견디는 힘이 없이는
아무 일도 할 수 없습니다.

## 볼 수 없는 곳으로

열 명의 제자를 거느리고 있는 스승이 있었다. 어느 날 그 중 한 제자가 스승에게 말했다.

"죄송한 말씀이지만, 이건 꼭 말씀 드려야겠습니다. 스승님께서는 저희들 가운데 한 제자만을 편애하고 계신 듯합니다."

"그러냐?"

제자의 말을 들은 스승은 곰곰이 생각을 하다가 다음 날 열 명의 제자들을 모두 불러 놓고 말했다.

"한 사람이 각각 한 마리씩 참새를 잡아오너라."

제자들이 곧 각자 한 마리씩의 참새를 가지고 오자 스승은 다시 이렇게 말하였다.

"각자 참새를 내가 볼 수 없는 곳으로 가지고 가서 죽이고 오너라."

무슨 까닭인지 다들 영문은 몰랐지만 제자들은 묵묵히 그 지시를 따랐다. 그런데 잠시 후에 아홉 명의 제자들은 참새를 죽이고 돌아왔지만, 한 제자만은 스승의 지시를 어기고 참새를 그냥 살려 가지고 돌아왔다.

여러 제자들이 보는 앞에서 스승이 그 제자에게 물었다.

"너는 어째서 새를 죽이지 않았느냐?"

"스승님께서는 스승님이 볼 수 없는 곳으로 가서 죽이라고 하셨습니다. 하지만 그런 곳은 존재하지 않았습니다."

스승은 나머지 제자들을 향해 말했다.

"자, 보아라. 내가 누군가 한 사람을 편애하지 않을 수 있겠느냐?"

모든 사람을 속일 수 있는 사람이라 할지라도
속일 수 없는 사람이 있습니다.
바로 당신 자신입니다.

## 아름다운 별

깨달음을 얻기 위해 단 한 모금의 물도 입에 대지 않고 고통스럽게 단식을 이어가는 사람이 있었다. 그러나 그렇게 힘든 가운데서도 그에게는 별을 보는 즐거움이 있었다.

그가 단식을 시작하면서부터 가까이 있는 산 위에는 매일 밤 아름다운 별 하나가 빛나기 시작했다. 그 별이 너무도 밝아 환한 대낮에도 모든 사람들이 그 별을 볼 수 있었다.

어느 날, 그가 그 별을 가까이에서 보기 위해 길을 떠나려는데 마을의 어린 소녀 하나가 같이 가겠다며 따라나섰다. 그는 결국 어린 소녀와 함께 산을 올라가기 시작했다.

날은 몹시 더웠고 그들은 곧 심한 갈증에 시달리게 되었다. 그래서 그는 소녀에게 물을 마실 것을 권했지만 소녀는 이렇게 말하며 고집을 부렸다.

"아저씨를 두고 어떻게 저 혼자 물을 마실 수 있겠어요? 저도 마시지 않겠어요."

그는 단식을 중단하고 싶지는 않았지만 어린 소녀를 위해 중대한 결심을 했다.

'좋아. 내 고집만 피울 수는 없지.'

마침내 그는 어린 소녀와 함께 물을 나눠 마셨다.

그러나 정상에 오른 그는 감히 고개를 들어 하늘을 볼 엄두가 나지 않았다. 자신이 단식을 깨뜨렸기 때문에 어쩌면 산 위의 별이 사라져 버리지 않았을까 하는 마음 때문이었다.

그런데 없어졌을 것으로 생각했던 산 위의 별이 하나가 아닌 둘이 되어 나란히 반짝이고 있었다.

누구에게나 원칙이 있습니다.
그리고 평생 그것을 지키며 살아가려고 애를 씁니다.
그러나 다른 사람을 위해 그 원칙을 깨뜨렸을 때,
그것은 실패가 아니라 더욱 아름다운 원칙으로
다시 태어나는 것입니다.

## 집착

말을 잘 다룬다고 소문난 사람이 있었다. 하루는 그 소문을 들은 왕자가 그에게 말 다루는 법을 배우기로 마음먹고 그를 불러들였다.

"예, 왕자님. 제가 지닌 모든 기술을 전해 드리겠습니다."

왕자는 그에게 말 다루는 법을 배우기 시작했다. 그리고 어느 정도 배움이 무르익자 자신감을 얻은 왕자는 자신에게 말 다루는 기술을 가르쳐 준 스승에게 경주를 하자고 청했다.

그러나 경주를 할 때마다 왕자는 패하고 말았다. 왕자가 화가 나서 말했다.

"그대는 나에게 모든 기술을 가르쳐 준다고 하지 않았는가? 그런데 아직 중요한 기술을 가르쳐 주지 않은 게 분명해. 내가 이렇게 계속 패배하는 게 그 증거라구!"

"아닙니다. 기술적인 것은 모두 가르쳐 드렸습니다."

"거짓말을 하는구나! 그렇다면 내가 계속 패배하는 이유는 무엇이란 말인가!"

왕자가 화를 내면서 부들부들 몸을 떨자 그는 조용히 입을 열어 말했다.

"말을 잘 다루려면, 몸 아래에 말이 없는 듯이 자연스럽게 달려야 합니다. 즉, 사람과 말이 일체가 되어야 한다는 뜻이지요. 그런데 왕자님은 경주를 할 때마다 저를 너무 의식하십니다. 제가 앞에 있으면 따라잡으려는 마음에, 제가 뒤에 있으면 선두를 빼앗기지 않으려는 마음에 너무 집착하십니다. 그러니 어찌 말과 일체가 되어 달릴 수 있겠습니까?"

돈을 따라다니는 사람은 돈을 벌지 못한다고 합니다.
돈이 나를 찾아오도록 만들어야 합니다.
성공도 사랑도 마찬가지입니다.
그들이 편안하게 나를 찾아올 수 있도록 해야 합니다.

## 진정한 보물

　가난하지만 항상 만족한 마음으로 살아가는 농부가 있었다.

　어느 날, 농부가 밭을 갈다가 무언가 번쩍이는 것을 발견하였다. 가까이 다가가 살펴보니 그것은 아주 귀하고 값이 나가는 보물이었다.

　보물을 발견한 그는 마음이 떨려 왔지만 이내 마음을 가다듬고 그것을 가지고 마을의 수도승을 찾아갔다.

　"땅에서 우연히 이 보물을 주웠습니다. 본래 제 것이 아니니 스님께서 받아 주십시오."

　그러나 수도승은 고개를 저으며 말했다.

　"무슨 소린가? 그것은 본래 내 것도 아니네. 받을 수 없으니 도로 가져가게나."

　농부는 뜻밖이었지만 더욱 강한 어조로 말했다.

　"제게는 이 보물이 소용없습니다. 저는 땅을 파고 밭을 가는 것만으로도 족합니다."

　그러자 수도승이 말했다.

　"그대는 자신의 보물만 귀하게 여길 뿐 내 보물은 귀하게 생각하지 않는 모양이구나."

24

농부가 그 말을 듣고 이상하다 생각하며 물었다.

"무슨 말씀인가요? 내 보물만 귀하게 여기고 남의 보물은 귀하게 여길 줄 모르다니요?"

수도승이 말했다.

"농부인 그대에게는 땅을 파고 일구는 것이 바로 보물이 아닌가. 그렇다면 수도자의 길을 걷는 내게는 또 나만의 보물이 있다는 뜻이지. 만약 내가 그 보물을 받게 된다면 나는 더욱 귀중한 나만의 보물을 잃게 될 것일세. 그러니 나는 그걸 받을 수 없네."

당신의 보물은 어디에 있나요?
금고 속의 보물은 잃을 수 있지만 마음속의
보물은 아무도 훔쳐 갈 수 없습니다.

산등성이의 작은 오두막집에서 소박한 삶을 살아가고 있는 사람이 있었다. 그는 특별히 욕심을 부리지도 않았고 억지로 부자가 되려고 노력하지도 않았다.

그러던 어느 날 밤, 그가 외출한 사이에 오두막에 도둑이 들었다. 그러나 훔칠 만한 물건이 하나도 없는 것이 아닌가! 도둑이 허둥거리는 사이에 마침 외출을 끝내고 그가 집으로 돌아왔다.

갑자기 주인이 들어오자 도둑은 깜짝 놀라 당황했지만 뜻밖에 밤손님을 발견한 주인은 놀라는 기색도 없이 담담한 모습으로 이렇게 말했다.

"이렇게 나의 집을 방문해 주었는데, 어찌 그대를 빈손으로 돌려보낼 수 있겠소. 그러니 여기 내 옷가지들이라도 가지고 가시오."

그는 서두르지 않고 입고 있던 옷을 하나씩 벗어 도둑에게 건네주었다.

도둑은 예상하지 못한 일 앞에 어쩔 줄을 몰라하다가 주인의 옷을 들고 도망치듯 그곳을 빠져나갔다.

도둑이 돌아간 뒤, 그는 발가벗고 앉아서 창 밖의 달을 올려
다보며 말했다.
  "가엾은 친구! 이 아름다운 달도 줄 수 있었으면 좋았으련
만."

가진 것이 없는 이에게 내것을 조금이라도 나눠주려는 마음,
그의 곁에서 모닥불이 되어 주려는 마음,
그런 마음을 가진 사람의 얼굴에는 언제나 고귀함이 깃들여 있습니다.

## 그냥 두엇기에

스승은 걱정이 태산 같았다. 그 스승에게는 수많은 제자가 있었지만 그의 마음에 드는 제자는 한 명도 없었기 때문이다. 참선을 하라고 일러도 제자들은 잠만 자기 일쑤였고, 밭에서 열심히 일을 하는가 하고 내다보면 일하는 자는 하나도 없고 잡풀만 무성하게 자라고 있었다.

어느 날 스승은 이 한심한 제자들을 모아 놓고 말했다.

"이제는 나도 포기해야겠구나. 너희들이 이렇게 게으르니 도를 깨우친다는 것은 불가능한 일이라는 생각이 든다. 그러나 어쩌겠느냐, 내 명도 얼마 남지 않았고 이 절을 맡길 후계자도 필요하니, 차라리 너희들 중에 가장 뛰어난 게으름뱅이를 뽑아 이 절을 맡겨야겠다. 자, 지금부터 당나귀를 타고 저기 있는 언덕 위를 돌아오너라. 가장 늦게 오는 자를 선택할 것이니라."

스승의 말이 떨어지자마자 제자들은 앞을 다투어 당나귀를 타고 출발하기 시작했다. 게으른 제자들이었지만 절의 주인이 되고 싶다는 욕심은 가지고 있었기에 그들은 평소의 장기인 게으름을 한껏 피우며 당나귀를 몰기 시작했다. 어떤 제자는 당나귀의 고삐를 당겨서 못 가게 했고, 혹은 거꾸로 모는가 하면, 또 어떤 제자는 제자리에서 빙빙 돌기만 하였다.

그런데 유독 한 제자만은 당나귀를 타고 쏜살같이 언덕을 돌아왔다. 마치 절의 주인이 되기를 완전히 포기했다는 모습이었다. 이를 이상하게 여긴 스승이 그 제자를 불러 물었다.

"내 분명히 게으른 사람을 뽑는다고 하여 모두들 천천히 다녀오려고 아우성인데, 너는 어째서 이렇게 빨리 오느냐? 절의 주인이 되고 싶지 않은 것이냐?"

그러자 그 제자는 대답하는 것도 귀찮다는 표정으로 이렇게 대답하였다.

"그런 건 아닙니다. 단지 당나귀가 달리는 대로 그냥 두었을 뿐입니다. 고삐를 당기는 것이 너무 귀찮아서…"

세상에 불가능한 일은 없습니다.
다만 내가 하기 싫어하거나 귀찮다고
생각하는 일이 있을 뿐입니다.

29

모든 것을 드릴게요

어느 추운 겨울날, 작은 소녀 하나가 추위로 발을 동동 구르며 유리창 너머로 가게 안을 한참 동안 들여다보더니 이윽고 가게 안으로 들어섰다.

"이 푸른 구슬 목걸이 참 예쁘네요. 좀 싸 주세요."

"누구에게 선물하려고 그러니?"

"우리 언니요. 저는 엄마가 없어서 언니가 저를 키워 주거든요. 언니에게 줄 선물을 찾고 있었는데 아주 꼭 마음에 들어요. 언니도 좋아할 거예요."

"돈은 얼마나 있지?"

"제 저금통을 털었어요. 이게 전부예요."

소녀는 주머니에서 동전을 모두 쏟아 놓았다. 그러나 목걸이의 가격에 비하면 터무니없이 적은 돈이었다. 아마도 소녀는 목걸이 가격에 대해서 전혀 모르는 것 같았다. 주인은 정가표를 슬그머니 떼고는 예쁘게 포장해 주었다.

"집에 갈 때 잃어버리지 않도록 조심하거라."

"네, 감사합니다."

그런데 다음 날 저녁, 젊은 여인이 가게 안으로 들어서서

푸른 구슬 목걸이를 내놓으며 말했다.

"이 목걸이, 이곳에서 파신 물건이 맞나요? 진짜 보석인가요?"

"예, 저희 가게의 물건입니다. 그리고 좋은 것은 아니지만 진짜 보석입니다."

"누구에게 파셨는지 기억하시나요?"

"물론입니다. 예쁜 소녀였지요."

"그 아이에게는 이런 보석을 살 돈이 없었을 텐데…."

"그 소녀는 누구도 지불할 수 없는 아주 큰돈을 냈습니다. 자기가 가진 것 모두를 냈거든요."

우리에게 가장 중요한 것이 있다면 사랑입니다.
마음과 마음을 이어주는 사랑.
맑고 고운 사랑의 선물을 잃지 마십시오.

## 농부의 불명

일년 내내 열심히 일했지만 수확량이 만족스럽지 못하자 농부는 너무 화가 났다.

"태풍만 불지 않았어도 풍년이 들었을 텐데, 신은 너무도 농사에 대해 모르셔. 도대체 왜 태풍이 불게 하시는 거야? 만약에 나한테 날씨를 조절할 수 있는 권한을 준다면 아마 매년 풍년이 될 게 틀림없어."

농부의 말을 들은 신이 농부에게 말했다.

"좋다! 네게 1년 동안 날씨를 통제할 수 있는 권한을 주겠다. 원하는 게 있으면 뭐든지 주문만 하거라."

농부는 너무나 신이 나서 말했다.

"나는 햇볕을 원합니다."

그러자 즉시 태양이 나타났다.

농부가 원하는 대로 1년 동안 적당한 시기에 태양이 비치고, 적당한 시기에 비가 내렸다. 농작물은 무럭무럭 자라났다. 농부는 자부심에 가득 차서 말했다.

"이제는 신도 많이 배웠을 거야. 날씨를 어떻게 조절해야 되는지."

마침내 추수할 때가 되어 농부는 낫을 들고 벼를 베러 논으로 나갔다. 그러나 그는 가슴이 철렁하고 내려앉았다. 속이 텅 빈 쭉정이 뿐이었다. 그때 마침 신이 다가와 물었다.

"수확량은 어떤가?"

"형편없습니다."

"참으로 이상한 일이구나. 모든 게 네가 원하는 대로 되었을 텐데?"

"정말 저도 그 이유를 모르겠습니다."

그러자 신이 말했다.

"너는 바람도 눈도, 뿌리를 튼튼하게 하고 저항력을 길러 주는 그 어떤 것도 원하지 않았다. 너는 비와 태양만을 원하지 않았더냐. 그것이 네가 제대로 수확을 거두지 못한 이유다."

우리의 삶도 고난과 고통의 바람에 견디어 내야만
좋은 열매를 맺을 수 있습니다.

## 아름다운 이유

어느 현명한 왕이 철학자들과 함께 왕궁의 테라스에 앉아 아름다움은 어디에 존재하는가에 관해 열띤 토론을 벌이고 있었다. 마침 뜰에서는 왕자와 고관의 자식들이 놀고 있었다.

왕은 자신의 충직한 노예를 불러서 보석이 촘촘히 박힌 모자를 주고 말하였다.

"이 모자를 가지고 가서 저기 뛰어 노는 아이들 중에서 가장 잘나고 아름답게 보이는 아이에게 씌워 주거라. 네가 보기에 가장 예쁜 아이를 골라 씌워 주면 되느니라."

노예는 모자를 받아 먼저 왕자에게 모자를 씌워 보더니 그 다음에는 말쑥하게 생긴 아이에게도 씌워 보았다. 그러나 어느 쪽도 썩 마음에 들지 않았다.

그는 계속 돌아가면서 다른 아이에게도 보석 모자를 씌워 보았지만 아무래도 흡족하지는 않았다. 모든 아이들의 머리에 모자를 다 씌워 본 후 마지막으로 자신의 어린 아들에게 모자를 씌워 보았다. 그가 보기에 자기 아들에게 모자가 가장 잘 어울린다고 생각되어 모자를 씌운 채로 아들을 왕에게로 데려 갔다.

"폐하, 모든 아이들 중에서 모자가 가장 잘 어울리는 아이는 바로 이 아이입니다. 그런데 이 아이는 미천한 소인의 자식이옵니다."

그러자 왕과 철학자들은 모두 고개를 끄덕이며 웃었다.

"과연 자네는 내가 알고 싶었던 것을 말해 주었구나. 여보게들, 잘 보았는가. 이처럼 아름다움을 느끼는 것은 눈이 아니라 바로 마음이라네."

아버지의 거친 손, 어머니의 깊은 주름이 아름다운 이유는
그걸 보는 순간 우리의 마음이 따뜻해지기 때문입니다.

가장 무서운 것은 자신의 고정관념입니다.
우리가 불행에 빠지는 이유의 대부분은
우리가 지니고 있는 고정관념 때문입니다.

## 동그라미

가을날이었다. 마당에 서 있는 오래된 은행나무 한 그루가 바람에 흔들리며 노란 잎들을 땅에 떨어뜨리고 있었다.

대청마루에 앉아 그 광경을 물끄러미 바라보던 늙은 현자는 문득 자신의 생애도 이제 끝날 때가 되었음을 깨달았다. 늙은 현자는 깊은 주름살의 골을 더욱 깊게 만들며 이런 생각을 했다.

'이제 내 뒤를 이을 후계자를 결정해야만 하겠구나.'

늙은 현자는 제자들을 모두 마당에 모이도록 한 후 한 제자에게 마당에 동그라미를 그리라고 지시한 뒤에 이렇게 말했다.

"흉기 든 사람이 너희들에게 이렇게 말했다고 생각해 보아라. '지금 너희들은 저 동그라미 속에 들어가도 죽고, 동그라미 밖에 그대로 머물러 있어도 죽는다.' 자, 그렇다면 너희들은 어떻게 해야 목숨을 부지할 수 있겠느냐?"

제자들은 어리둥절한 표정으로 서로의 얼굴을 멀뚱멀뚱 쳐다보며 스승의 말속에 담긴 의미를 캐내려고 한참을 생각했다. 얼마 후 한 제자가 말했다.

"혹시 금을 밟고 있으면 안 될까요?"

늙은 현자가 담담하게 대답했다.

"물이 담긴 항아리가 물 속에 있으면, 그 항아리의 안도 물이요 밖도 물이거늘, 그런데 금이 어디 있느냐."

해가 질 때까지 제자들은 스승이 말한 의미를 캐내려고 전전긍긍하였다. 늙은 현자는 가부좌를 틀고 앉아서 붉어지는 하늘의 한 쪽만 지그시 바라보고 있었다.

그때 평소에는 눈에 잘 띄지 않던 제자가 걸어 나오더니 마당의 동그라미를 두 손으로 쓱쓱 지워 버리고는 스승의 얼굴을 바라보았다.

늙은 현자는 그 모습을 물끄러미 바라보면서 흡족한 듯 고개를 끄덕였다.

## 부처가 따로 있나

　한 스님이 도를 깨우치기 위해 여행을 떠났다. 그렇게 여행을 다니던 어느 겨울, 낯선 절에서 하루를 묵어 가게 되었다. 하루종일 눈을 맞으면서 길을 걸었기에 그의 옷차림은 남루한 것이 마치 거지와도 같았다.

　그 절의 주지 스님은 그의 남루한 행색을 보더니 찬밥 한 덩어리를 차려 주고는 그 추운 겨울에 불기도 없는 냉방으로 그를 안내했다. 스님이 방에 들어가 둘러보니 한쪽 구석에 나무로 만든 불상 여러 개가 진열되어 있는 것이 보였다.

　스님은 추운 방에 앉아 한참 생각하다가는 목불을 가지고 부엌으로 가서 방에 불을 지피기 시작했다.

　따뜻하게 잠을 자고 일어난 스님은 아침 일찍 길을 떠났다. 잠시 후, 그 절의 주지가 일어나 승방을 열어 보니 방안은 따끈따끈하고 방안에 두었던 목불이 모두 없어진 것이 아닌가!

　'이런! 목불로 불을 지피다니!'

　주지 스님은 화가 나서 그 길로 사라진 스님을 찾아 바삐 걸었다. 그리고 얼마쯤 가서 드디어 스님을 만날 수 있었다.

　"이것 보시오! 당신도 스님이 아니오? 그런데 어찌하여 섬

겨야 할 목불을 모두 쪼개 땠소?"

스님은 아무렇지도 않다는 듯 대답했다.

"여래를 화장하면 사리가 나온다기에…. 그런데 사리는 나오지 않더이다."

그러자 주지 스님이 화가 나서 큰 소리로 말했다.

"아니, 지금 장난치시오? 목불에서 어떻게 사리가 나온단 말이오?"

그러자 스님도 같이 목소리를 높여 말했다.

"사리도 나오지 않는 것이 그냥 나무토막이지, 무슨 부처란 말이오!"

"아니, 이 스님이…."

그 말을 듣고도 주지 스님이 물러나려 하지 않자 스님은 탄식을 하며 이렇게 말했다.

"사람을 섬길 줄도 모르는데 어떻게 부처님을 섬긴단 말이오. 이보시오 주지 스님, 사람이 바로 살아 있는 부처입니다."

깊은 산 속에 있더라도
그 마음이 시장처럼 어지럽다면
어찌 도를 깨우칠 수 있겠습니까?

# 진정 나를 사랑한다면

　세상에서 자신이 가장 신을 잘 섬기고 사랑하는 사람이라고 생각하는 청년이 있었다. 신이 그런 그의 마음을 꿰뚫어 보고는 이런 말을 해 주었다.

　"여기서 동쪽으로 백 리쯤 떨어진 곳에 가면 나를 지극히 사랑하는 누군가를 만나게 될 것이다."

　그는 깜짝 놀랐다. 자신보다 더 신을 사랑하는 사람이 있다니 믿을 수가 없었다. 그는 즉시 그 마을을 향해 떠났고, 그곳에서 한 농부를 발견하게 되었다.

　그 농부는 아침 일찍 일어나서 일을 나가기 전에 간단하게 신을 한 번 찬양하고는 밭으로 나가 밤늦게까지 일을 하다가 피곤한 몸으로 집에 돌아와 한 번 더 신의 이름을 찬미하더니 그대로 잠에 곯아떨어졌다.

　"흥, 저게 무슨 신을 지극히 사랑하는 거야? 겨우 하루에 두 번밖에는 기도를 올리지 않잖아?"

　바로 그 때 신이 말했다.

　"지금 작은 통에 우유를 가득 담아 들고 마을을 한 바퀴 돌고 오너라. 대신 단 한 방울의 우유도 흘려서는 안 된다. 알겠느냐?"

그는 곧 신의 지시대로 행했다. 그가 마을을 한 바퀴 돌고 한참만에 나타나자 신이 그에게 다시 물었다.

"마을을 돌면서 너는 몇 번이나 나를 생각했느냐?"

"한 번도 생각하지 못했습니다. 우유를 단 한 방울도 흘려서는 안 된다는 말씀에 신경 쓰다 보니…."

그의 말을 들은 신이 말했다.

"보아라, 너는 겨우 우유 통 하나 들고 가는 일로 나를 완전히 잊어버렸지만, 저 가난한 농부는 먹여 살릴 가족까지 딸린 사람인데 하루에도 두 번씩이나 나를 기억하고 있지 않느냐?"

사랑한다는 말을 하루에 수도 없이 해주는 사람과
그저 사랑하는 마음으로 곁에서 지켜봐주는 사랑 중에
누가 진밀로 나를 사랑하는 사람일까요?
…중요한 것은 마음입니다.

## 물방울 하나

농담을 즐기는 왕이 있었다. 그는 농담을 아주 잘 하는 광대를 불러다가 자신의 곁에 있도록 하고 그 광대에게만은 왕에게 농담과 장난을 할 수 있도록 국법으로 허용하였다.

그러던 어느 날, 광대가 왕에게 지나친 농담을 하자 왕은 화가 치밀어 올라 그 광대에게 사형을 선고하였다.

그러나 광대는 속으로 왕의 사형 선고가 농담이리라 생각하고 있었는데 정작 단두대에 끌려나가고 보니 시퍼런 칼이 기다리고 있었다. 그는 아차 싶어 왕에게 용서를 빌었다.

"폐하, 저의 죄를 용서하여 주시옵소서!"

그러나 왕의 굳은 얼굴은 펴지지 않았다. 광대는 무릎을 꿇은 채 목을 내밀고 앉아서 운명의 시각을 떨리는 마음으로 기다리고 있었다.

그러나 왕은 광대를 죽일 마음은 없었다. 그저 겁이나 한번 주자는 뜻이었다. 왕은 미리 사형 집행관에게 "내가 '목을 쳐라!'라고 외치면 차가운 물 한 방울을 광대의 목에 떨어뜨려라."고 일러두었던 것이다.

이윽고 "목을 쳐라!"하는 왕의 음성이 들리고 계획대로 광대의 목에 물이 한 방울 떨어졌다.

　순간 왕은 크게 웃으며 소리쳤다.

　"네 이놈. 다시는 내게 그런 농담을 하지 말거라. 하하하.
자, 이제 어서 일어나거라."

　그러나 광대는 영영 일어나지 못하고 말았다.

우리를 가장 슬프게 하는 것은
가장 소중한 사람이 내뱉는 차가운 말 한 마디입니다.

## 도와줄 수 없는 일도 있단다

알속에서 오랫동안 기다린 새끼 새가 있었다. 알속에 있던 새끼 새는 빨리 밖으로 나가고 싶었지만 때를 기다려야 한다는 어미 새의 말에 조급한 마음을 꾹 참고 있던 참이었다.

그러다가 이제는 알속에서 나올 때가 되었다고 생각한 새끼 새가 어미 새에게 말했다.

"어머니, 이제 알을 까고 나갈까 합니다. 저는 안에서 껍질을 쪼겠으니 어머니는 밖에서 쪼아주세요. 그러면 한시라도 빨리 나갈 수 있지 않겠어요?"

그러나 어미 새는 차갑게 말했다.

"그럴 수는 없단다. 어미인 나도 그랬고, 할머니도 그랬고, 할머니에 할머니도 그랬단다. 우리 조상 중에는 밖에서 알을 깨주었던 그런 어미는 없단다. 그러니 네 힘으로 알을 까고 나오너라."

새끼 새는 어미 새의 말을 듣자 칭얼거리며 말했다.

"정말 그러실 건가요? 그러다가 제가 알을 까고 나가지 못한다면 다른 새들이 어머니를 비웃지 않겠어요? 무능하고 못난 어미라고 말이에요."

어미 새가 말했다.

"애야, 왜 내가 그런 말을 듣게 될 거라고 생각하지? 오히려 무능하고 못난 새끼라고 너를 비웃지 않겠니?"

부모의 사랑은 때로는 끝까지 멀리서 지켜보면서
그 결과를 가르쳐 주는 것입니다.

# 그대로 놔두시오

부처님 앞에 무릎을 꿇고 두 손으로 염주를 돌리며 앉아 있는 수도승이 있었다. 불경을 외우며 참선을 하고 있었지만 그의 머리는 세상에 관한 온갖 욕구와 욕망 때문에 어지럽기만 했다.

그는 너무 마음이 혼란스러워 늙은 스님을 찾아가 고민을 털어놓기로 했다. 마침 늙은 스님이 마당을 쓸고 있는 모습을 보고 그는 천천히 다가갔다.

"스님, 스님께서는 많은 참선과 수도를 통해 어느 정도는 경지에 이르시지 않으셨습니까? 그런데 저는 끝없는 욕망과 잡념에 마음이 너무 혼란스럽습니다."

수도승은 조심스레 두 손을 합장하며 말을 건넸다.

늙은 스님은 한참 동안 아무 말도 하지 않은 채 묵묵히 낙엽만을 쓸고 있을 뿐, 어떤 말이나 행동도 취하지 않았다. 수도승은 마음이 초조하고 조급해지기 시작했다.

"스님, 깨우침을 주시옵소서."

그러나 늙은 스님은 여전히 마당만 쓸고 있을 뿐이었다. 마침내 수도승은 대답 듣기를 포기하고 고개를 숙이고 돌아서려고 했다.

　바로 그 순간, 늙은 스님이 껄껄 웃더니 이렇게 입을 열었
다.

　"저기, 저 낙엽들을 보거라. 가을 낙엽은 쓸어도 쓸어도 끝
이 없는 것이니라. 그렇다고 낙엽에게 뭐라고 할 수 있겠느
냐? 그냥 내버려두거라. 가끔씩 이렇게 쓸어 주면 그뿐이지."

고통과 번민도
이 낙엽과 같습니다.
가끔씩 한 번 쓸어 주면 됩니다.

## 가장 겸손한 사람

나라에 문제가 생기면 항상 지혜로운 해답을 제시해 주던 늙은 현자가 병이 들어 죽게 되었다. 그는 죽기 전에 왕에게 이렇게 말했다.

"폐하, 저를 대신할 다른 사람을 구할 때는 이 나라에서 가장 겸손한 사람을 찾으십시오."

왕은 늙은 현자의 말대로 가장 겸손한 사람을 찾기 위해 비밀리에 사자들을 전국에 파견했다.

겸손한 사람을 찾아 방방곡곡을 뒤지던 어느 날, 한 사람이 그들의 눈에 들어왔다. 그 사람은 부자임에도 불구하고 어망을 가지고 강에서 집으로 돌아오고 있었다. 고기 잡는 일은 그 마을에서 가장 비천한 직업이었기 때문에 그들은 어망을 든 그를 보고 이상해서 물었다.

"당신은 왜 그물을 가지고 다니십니까? 당신은 부자이니까 고기잡이를 할 필요가 없지 않습니까?"

"나는 어부로 나의 삶을 시작했고 마침내 부유하게 되었습니다. 그래서 내게 많은 것을 준 이 직업에 감사하는 마음으로 언제나 그물을 짊어지고 다닙니다."

사자들은 드디어 겸손한 사람을 찾았다고 생각했다.

보통 가난한 사람이 부자가 되면 과거를 깨끗이 지워 버리고, 한때 자신이 가난한 사람이었다는 것을 보여주는 일체의 관계를 끊어 버린다.

그러나 이 사람은 그렇지 않았다. 그래서 사자는 왕에게 그들이 만난 사람들 중에서 이 사람이 가장 겸손한 사람이라고 보고했다. 결국 그는 현자로 지명되었다. 그런데 현자에 지명된 날, 그는 그물을 던져 버렸다. 그를 현자로 추천했던 사람이 물었다.

"이봐요, 당신의 그물은 어디에 있습니까?"

그가 말했다.

"고기가 잡혔을 때 그물은 내던져지는 법이라오."

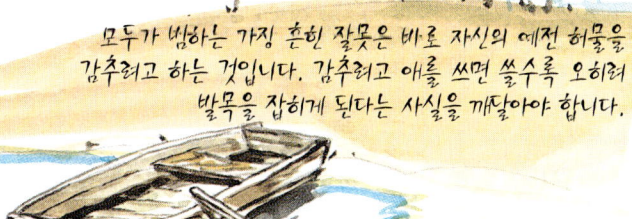

모두가 범하는 가장 흔한 잘못은 바로 자신의 예전 허물을 감추려고 하는 것입니다. 감추려고 애를 쓰면 쓸수록 오히려 발목을 잡히게 된다는 사실을 깨달아야 합니다.

# 진기한 돌

한 수석 수집가가 있었다. 그는 진기한 돌이라면 어디든 찾아가서 반드시 집에 가져왔다.

하루는 자신의 집을 방문한 선사에게 돌을 보여주며 자랑하였다.

"세상에 진기한 돌은 다 모았습니다."

그러나 선사는 시큰둥한 표정으로 말했다.

"글세요. 소승이 사는 암자에는 이보다 훨씬 진기한 돌이 있습니다."

이 말에 수집가는 귀가 번쩍 뜨였다. 그도 그럴 것이 심산유곡에 사는 스님이니 부근에 미처 눈에 뜨이지 않은 진기한 돌이 있을 성싶었다.

"아! 그렇습니까? 혹시 제가 그 돌을 구경할 수 있겠는지요?"

"물론입니다."

"그런데 스님, 혹 제가 그 돌을 가질 수는 없을까요?"

돌 욕심에 가득 찬 그의 눈을 바라보며 선사는 담담히 말했다.

"본시 내 것이 아니니 마음대로 하시구려. 하지만 그 돌이 무척 무거울 겁니다."

"물론 그렇겠지요."

이미 돌 욕심에 눈이 어두워진 그는 선사의 다음 말은 들리지도 않았다.

다음날 일찍 암자를 찾은 그는 선사에게 물었다.

"스님, 돌이 어디에 있는지요?"

선사는 손을 들어 뒤에 높이 솟은 산봉우리의 기암을 가리켰다.

"저기 저 돌들을 보십시오. 정말 아름답지 않습니까? 나는 매일 저 돌들을 바라보는 게 참으로 즐겁습니다. 하지만 그대가 원하신다면 내 기꺼이 드리리다."

지금 이 시간이 있기까지 헛된 욕심이
우리에게 가져온 이익은 하나도 없었습니다.
내 것을 주고 산다면
아름다운 삶의 맛이 나올 것입니다.

누구에게나 원칙이 있습니다.
그리고 그것을 지키며 살아가려고 애씁니다.
그러나 다른 사람을 위해 그 원칙을 깨뜨렸을 때
그것은 더욱 아름다운 원칙으로
다시 태어나는 것입니다.

# 사랑의 향기

## 2부

정상에 오른 그는
감히 고개를 들어 하늘을 볼 엄두가 나지 않았다.
어쩌면 산 위의 별이 사라져 버리지 않았을까
하는 마음 때문이었다.
그런데 산 위의 별이 하나가 아닌 둘이 되어
나란히 반짝이고 있었다.

## 태양과 아궁이

많은 신하들 중에서 유독 한 신하의 말만을 믿는 군주가 있었다. 왕은 그 신하로 하여금 국정을 맘대로 휘두르게 하고 있었기 때문에, 수많은 비리가 행해졌고 백성들의 원망도 높았다. 이를 안타깝게 여기던 선비 하나가 왕을 찾아갔다.

그는 왕 앞에 가서 말했다.

"제가 어제 신통한 꿈을 꾸었습니다."

"어떤 꿈을 꾸었느냐?"

"어젯밤 꿈속에서 아궁이를 보았는데, 오늘 이렇듯 전하를 뵙게 되었습니다. 이 어찌 신통하지 않다고 하겠습니까?"

그러자 왕이 화를 내며 말했다.

"그렇다면 내가 아궁이란 말인가? 나를 만나려면 꿈속에서 태양을 보아야 하거늘."

그러자 선비는 고개를 저으며 이렇게 말했다.

"태양이란 온 천하를 두루 비추는 것으로써 그 어떤 것도 태양을 가릴 수는 없습니다. 왕 또한 한 나라를 두루 비추기 때문에 단지 한 사람이 그 빛을 가릴 수 없는 이치입니다. 그래서 꿈속에서 태양을 보게 될 때면 왕을 뵙게 됩니다. 그러나 아궁이는 누군가가 그 앞에 앉아서 불을 쬐면 그 사람 때문에 뒷사람들은 아궁이의 불을 쬘 수가 없게 됩니다. 지금 혹시 누군가가 전하를 가리고 있는 것이 아닌지요. 그래서 제가 아궁이 꿈을 꾸었는지도 모르겠습니다."

당신이 지닌 마음의 불씨는 누구를 위해 타오르고 있나요?
혹시 나 혼자만을 위해 불씨를 가지고 있지는 않은 지요.

# 내가 가지고 있는 것

한 스님이 제자들과 함께 이교도들이 살고 있는 마을을 지나가게 되었다. 그 마을에 살고 있는 이교도들은 스님이 지나가자 돌을 던지고 욕설을 퍼부었다. 그러나 스님은 평온한 얼굴로 그들을 위해 염불을 할 뿐이었다.

마을을 벗어나자 이 광경을 지켜보고 있던 제자들이 스님에게 물었다.

"스승님, 그렇게 욕을 하고 돌을 던지는 무리들에게 화를 내기는커녕 그들을 위해 염불을 하시다니 이해하기가 어렵습니다."

그러자 스님은 빙그레 웃으며 말했다.

"내가 가지고 있지 않은 것을 다른 사람들에게 줄 수는 없는 것이다. 내게는 분노가 없으니 분노를 줄 수도 없고, 마침 내게 조금 있는 자비를 저들에게 약간 나누어 준 것뿐이니라."

나와 다른 것도 끌어안을 수 있는 열린 마음,그것이야말로
절대 변하지 않는 진리입니다.

## 우리가 가족인 이유

한 마을에 가난한 농부와 부자가 나란히 살고 있었다. 그런데 그 가난한 집에는 자식이 다섯이나 있었으나 부자에게는 불행하게도 자식이 하나도 없었다.

부잣집의 부부는 자식이 없는 것이 안타까운 나머지 옆집의 가난한 농부의 집에서 자식 하나를 양자로 데려오는 것이 어떨까 하고 생각했다.

"여보게 박서방, 내게는 부족함이 없이 지낼 수 있는 돈과 땅이 있다네. 그런데 자네도 알다시피 내게는 자식이 없지 않나. 그래서 하는 말인데, 자네 자식 중에 하나를 내게 양자로 보내 준다면 앞으로 자네가 살기 불편하지 않을 만큼의 돈과 땅을 주겠네. 어떤가?"

농부는 한참을 생각한 뒤에 이렇게 말하였다.

"집사람과 상의해 보겠습니다."

너무 가난했던 농부는 부자의 제안이 싫지만은 않았다.

그날 밤 아이들이 모두 잠들었을 때 농부는 이를 부인에게 이야기하고 누구를 양자로 보낼 것인지를 상의하였다. 남편이 막내를 보내자고 말하자 부인이 고개를 저으며 말했다.

"그건 안돼요. 막내는 아직도 젖먹이인데 어떻게 그 어린 아기를 보낼 수 있겠어요."

이번에는 남편이 넷째를 가리키자 아내가 또 고개를 가로저었다.

"넷째도 아직 어려서 엄마를 찾고 울텐데…."

이번에는 남편이 장남을 가리켰다.

"여보, 이 아이는 우리집 기둥이고 일도 잘하고 마음 씀씀이도 고운데 어떻게 보낼 수 있겠어요?"

이번에는 남편이 둘째를 가리켰다.

"둘째는 몸이 약해서 우리가 꼭 보살펴야 해요."

마지막으로 남은 것은 셋째뿐이었다. 남편이 셋째를 가리키자 아내는 다시 고개를 저었다.

"이 아이는 말썽도 많이 피우고 우리 속을 썩이는 아이 아닙니까? 그러니 이 아이 만큼은 꼭 우리가 키워서 바른 아이로 만들어야 해요."

가난한 농부 부부는 밤새 이야기를 주고받았지만 결론을 내릴 수가 없었다. 드디어 아침이 되자 가난한 농부는 부잣집

부부를 찾아가 이야기하였다.

"비록 우리가 가난하기는 하지만 더 열심히 일해서 아이들 모두를 우리 힘으로 키우겠습니다."

집으로 돌아온 농부 부부는 아이들을 모두 힘주어 껴안아 주었다.

함께 지낸다는 사실 하나만으로도 가족은 행복한 것입니다.

## 해망의 말

　종교가 금지된 어느 나라의 작은 마을에서 카톨릭을 몰래 전파하는 신부가 있었다. 그러나 그 신부는 그만 경찰에 잡히게 되어 정치범만 수용되는 수용소에 갇히게 되었다.

　신부에게는 같은 마을에 사는 절친한 이발사 친구가 있었는데 그는 신부의 소식을 듣고 매우 슬퍼했다. 결국 신부가 너무나 걱정이 된 그는 무작정 수용소가 있는 곳으로 떠나 이발사로 일하는 일자리를 구했다. 거기에서 일을 하고 있다 보면 언젠가는 신부를 만날 수 있을 것이라고 믿었던 것이다.

　이발사의 일은 죄수들의 머리를 깎아 주는 것이었다. 감시가 심했기 때문에 이발사는 죄수들과 자유롭게 대화를 나눌 수도 없었다. 그러는 가운데 몇 주가 흘렀다. 여느 때처럼 죄수들의 머리를 깎기 위해 대기실로 들어온 이발사는 소스라치게 놀라고 말았다. 거기에는 덥수룩한 머리의 신부가 앉아 있었다. 그러나 그들은 서로의 눈빛만 쳐다볼 뿐 아무런 말도 나눌 수 없었다.

　신부의 머리카락을 자르기 시작한 이발사의 손이 가늘게 떨리기 시작했다.

친구인 신부에게 무슨 말이든 하고 싶었지만, 삼엄한 감시 속에서 어떤 말도 할 수가 없었다. 용기를 가지라고, 반드시 살아서 돌아가자고 말하고 싶었지만 입을 열 수가 없었던 이발사 친구가 갑자기 입을 열었다.

"이봐, 턱을 들어!"

이발사는 다시 한 번 힘주어 말했다.

"턱을 똑바로 들고 앞을 보란 말이야!"

턱을 세운 신부는 이슬이 잔잔하게 담긴 이발사 친구의 눈을 바라보며 속으로 조용히 말했다.

'고맙네 친구. 턱을 빳빳이 들고, 이 무서운 곳에서 꼭 살아남겠네!'

이발사는 3년 동안 수용소에서 그 일을 계속했다. 비록 몇 개월에 한 번씩 이루어진 짧은 만남이었지만 그때마다 이발사는 신부에게 큰 소리로 말했다.

"이봐, 턱을 더 들어!"

"힘껏 들란 말이야!"

그렇게 3년의 세월이 흐른 뒤, 수용소에서 나온 신부는 나중에 이렇게 말했다.

"나는 그 친구의 말을 들으며 용기를 다시 갖곤 했습니다. '그래, 턱을 빳빳하게 세우고 당당하게 일어서자! 여기서 좌절하지 말자!' 아마도 그 친구의 그 한 마디 말이라도 없었다면 저는 이렇게 살아서 돌아오지 못했을 것입니다."

단 한 마디의 말만으로도 죽음의 고통을 이겨나갈
용기와 힘을 줄 수 있습니다.
오늘 한 많은 말 중에서 다른 사람에게 힘과 용기를 준 말은
과연 몇 마디나 있었을까요?

## 촛불

한 노인이 현자를 찾아가 말했다.

"제 나이가 벌써 일흔입니다. 살면서 숱한 고난을 겪었지요. 어릴 적부터 저는 배우지도 못하고 일만 하여야 했습니다. 이제는 자식들이 제 일을 대신 해주어 한결 편해졌습니다만, 그래도 한 가지 아쉬움 때문에 이렇게 찾아왔습니다. 저는 정말로 공부가 하고 싶습니다. 어려운 책도 읽고 싶습니다. 하지만 그러기에는 너무 늦지 않았는지 두렵습니다."

"나이의 많고 적음은 공부와 상관이 없습니다. 그럼에도 불구하고 늦었다는 생각이 든다면 촛불을 켜보십시오."

"촛불이라니요? 무슨 말씀이십니까?"

노인이 영문을 몰라 되묻자 현자가 대답했다.

"젊은이의 배움은 미지의 어둠을 물리치며 서서히 찾아오는 여명의 아침 햇살과 같고, 중년의 배움은 정오의 뜨거운 햇볕을 받는 것과 같고, 황혼의 배움은 촛불의 빛과 같다고 하였습니다."

현자는 직접 초를 가져와 촛불을 켜더니 조용한 어조로 노인에게 말했다.

"보십시오. 촛불은 비록 멀리까지 비추지는 못하지만, 깜깜한 어둠 속에서 앞을 보지 못해 이리저리 발이 채이고 넘어지는 걸 막아 주기에는 충분히 환한 빛입니다."

당신의 촛불을 밝혀 보세요.
자신뿐만이 아니라
당신 곁을 스쳐 지나가는 많은 사람들에게도
소중한 빛이 될 수 있도록 말입니다.

## 내가 만든 오르간이 없기에

옛날 한 왕실에 오래된 파이프 오르간이 있었다. 왕은 그것을 매우 소중하게 여겨 왔으나 이미 오래 전에 고장이 났기 때문에 아름다운 소리를 들을 수 없어 안타깝게 생각하고 있었다.

왕은 그 오르간을 고치기 위해 많은 기술자를 불러 들였으나 소용이 없었다. 그러던 어느 날 허름한 노인이 나타나 왕실의 문지기에게 말했다.

"내가 소문에 듣기로는 왕실에 있는 오르간이 고장났다고 하던데, 내가 고칠 수 있을 것 같소. 그러니 나를 왕에게 안내해 주시오."

문지기는 초라한 노인의 말을 믿을 수 없었지만 혹시나 하는 생각에 그 노인을 왕에게 안내하였다.

"그 동안 많은 기술자가 고치려고 시도해 보았으나 모두 실패하고 말았소. 그런데 어찌 당신 같은 노인이 고칠 수 있다고 확신을 한단 말이오?"

"제가 그 오르간에 손을 댄다고 해서 고장난 것이 더 고장이야 나겠습니까? 그러니 제게 기회를 한 번 주신다고 무슨 손해가 있겠습니까?

"좋소, 그럼 한 번 고쳐 보도록 하시오."

노인은 왕의 허락이 떨어지자 오르간 옆에 붙어 앉아 떨어질 줄을 몰랐다. 그렇게 며칠이 흐른 어느 날 밤, 오르간의 연주소리가 왕실 안에 울려 퍼졌다.

왕도 그 소리에 잠에서 깨어 오르간의 아름다운 소리를 듣고는 노인에게 말했다.

"어려운 일이었을 텐데 그대가 기적을 행했구려."

"아닙니다. 어렵지 않았습니다. 사실은 폐하의 아버님 때에 제가 이 오르간을 만들어 선왕께 드린 것입니다. 그러니 고장난 것을 고치기는 쉬운 일이지요."

주인은 그래서 손님과 다른 것입니다.
내 인생 또한 내가 온전히 주인이라면 함부로 내돌리거나
자칫 실수로 고장난 부분을 방치하지는 않을 것입니다.
나의 진정한 주인이 되십시오.

69

## 외로운 삶

한 젊은이가 부모로부터 물려받은 재산을 몽땅 탕진해 버렸다. 그렇게 되자 그 동안 그의 곁에서 함께 지내던 친구들도 모두 그의 곁을 떠나 버렸다.

앞으로 어떻게 살아가야 할지 막막해 하던 그는 현자를 찾아가 도움을 청했다.

"저는 앞으로 어떻게 해야 할까요. 돈도 없고 친구들도 모두 제 곁을 떠나가 버렸습니다."

현자가 대답했다.

"아무런 걱정도 하지 말게나. 모두 다 잘 풀릴 걸세."

현자의 말에 희망을 얻은 그는 눈을 반짝이며 들뜬 목소리로 말했다.

"제가 다시 예전처럼 부자가 될 수 있다는 말씀인가요?"

"아닐세. 무일푼으로 외롭게 살아가는 데에 익숙해 질거라는 말일세."

왜 자기 인생이 제대로 잘 전개되지 않는지 생각해 본 일이 있습니까?
대부분은 자기 스스로의 잘못된 행동이 불행을 초래한 것입니다.

## 과학자와 천사

모조품을 만드는 기술을 발명한 과학자가 있었다. 그 솜씨가 얼마나 정교한지 진짜와 가짜를 구별할 수 없을 정도였다.

어느 날 그는 죽음의 천사가 자기를 찾아다니고 있음을 알았다. 그래서 자기와 꼭 닮은 열두 개의 모조품을 만들었다.

어느 날 드디어 과학자의 집으로 죽음의 천사가 찾아왔다. 그러나 진짜와 모조품 가운데 어느 것이 진짜 과학자인지 구별할 수 없는 천사는 결국 과학자를 찾지 못하고 하늘나라로 돌아가고 말았다.

"역시 나는 천재야! 천사까지 속이다니 말이야!"

과학자는 기뻐서 소리쳤다. 그러나 며칠 후에 인간에 대해서는 전문가인 천사가 다시 과학자 앞에 나타났다.

"과학자 선생, 당신은 진정 뛰어난 천재요. 이렇게 당신과 똑같은 또 다른 당신을 만들어 낼 수 있으니 말이오. 하지만 당신 작품에서 나는 결점을 하나 발견했소. 아주 작은 결점을."

그러자 과학자는 모조품들 사이에서 뛰어나오며 죽음의 천사에게 따져 물었다.

"불가능한 소리요. 그 결점이 어디 있소?"

"바로 여기 있소."

천사는 앞으로 한 발자국 나서며 소리치는 과학자를 손가락으로 가리키며 말했다.

우리가 실패하는 이유는 다른 데 있는 것이 아니라
우리 스스로에게 있습니다.

## 내가 그리워하던 그대로

어느 마을에 인격 높기로 유명한 현자와 창녀의 집이 좁은 길을 사이에 두고 마주하고 있었다. 게다가 그 둘은 우연히 같은 날 죽게 되었다.

그런데 창녀의 영혼은 천국으로 인도되고, 현자의 영혼은 지옥으로 가게 되었다.

현자의 영혼을 데리고 가던 저승사자는 이런 상황을 받아들일 수가 없었다.

"뭔가 착오가 있는 것이 아닐까? 왜 현자를 지옥으로 보내고 창녀는 천국으로 보내는 걸까?"

그러자 조용히 근처에 있던 저승사자가 입을 열고 말했다.

"확실히 그 현자는 성스러운 사람이었지. 예의바르고 성실했지. 하지만 그의 마음속은 언제나 바로 집 앞에 있는 창녀를 향하고 있었던 거야. 언제나 창녀를 그리워하고 있었던 거지. 심지어 신에게 기도를 올리고 있었을 때조차 그의 귀는 창녀의 집에서 들려 오는 소리에 빠져 있었지. 그러니 지옥으로 갈 수밖에 더 있겠나?"

"그러면 저 창녀는 왜 천국으로 가는 거지?"

"그녀는 언제나 비참한 지옥 속에서 생활하고 있었지. 그러나 그녀의 마음은 항상 앞집에 있는 현자의 성스러운 행동을 그리워하고 있었어. 창녀는 항상 현자의 생활을 동경했단 말이야. 그러니 그녀가 원하는 곳으로 가게 된 거야."

당신이 지금 밟고 있는 땅보다
당신의 마음이 지금 원하고 있는 곳이 더욱 중요합니다.

## 인간이 아니라면

서로 판이하게 다른 인생을 살아가는 두 사람이 있었다.

한 사람은 계율을 빈틈없이 따르는 수도승으로 술을 입에도 대지 않았으며, 아침 11시 이후에는 어떤 음식도 먹지 않았다.

또 다른 한 사람은 대학의 철학과 교수로 계율에는 전혀 관심이 없는 사람이었다. 그는 일체의 고정관념을 거부하는 자유주의자였다. 그는 수도승과 달리 먹고 싶을 때 먹었고 잠이 오면 낮이고 밤이고 잠을 잤다.

그러던 어느 날, 계율을 잘 지키는 수도승이 철학 교수를 방문하였다. 교수는 술을 마시고 있다가 수도승을 보고 웃으며 말했다.

"어서 오시오. 같이 한 잔 하시지 않겠소?"

그러자 수도승이 얼굴을 찡그리며 말했다.

"나는 술을 마시지 않소."

"어허, 그럴 수가! 어찌 술맛을 모르는 사람을 인간이라고 할 수 있겠소?"

철학 교수의 말에 화가 난 수도승이 벌컥 소리를 질렀다.

"사람을 취하게 만들어 정신을 산란하게 만드는 술을 마시지 않는다고 사람이 아니란 말이오? 그런 논리가 어디 있습니까? 내가 인간이 아니라면 도대체 무엇이란 말이오?"

교수는 담담한 얼굴로 아무렇지도 않다는 듯 이렇게 말했다.

"당연히 부처지요."

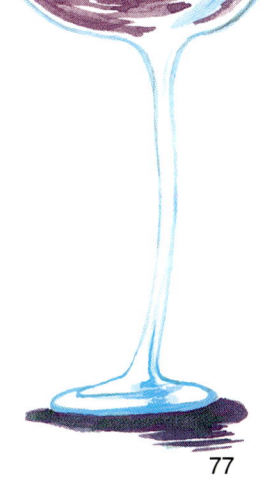

우리를 얽매고 있는 것은
외부의 규칙이나 규율이 아니라
우리 스스로의 생각일 뿐인지도 모릅니다.

## 복 많은 죽음

늦은 가을, 한 공원의 벤치에 친구인 듯 보이는 노인 둘이 심각한 표정으로 앉아 이야기를 주고받고 있었다.

한 노인이 말했다.

"이 세상에서 가장 복 많게 죽은 사람이 누구일까요?"

옆에 앉아 있던 노인이 쓸쓸하게 대답했다.

"그건 아마도 백 만원 정도의 빚을 남겨 놓고 죽은 노인 일 거요. 왜냐하면 빚을 많이 남기고 죽으면 아들딸들은 부모를 원망할 테고, 그렇다고 유산을 많이 남겨 놓고 죽으면 아들딸들이 서로 재산을 많이 차지하려고 다툴 것이 아니겠소?"

"그건 그래요. 남겨 줄 유산이 많다면 아마도 부모가 살아 있을 때에도 너무 오래 사는 것을 즐거워하지 않을 게 뻔해요."

"백 만원 정도의 작은 빚이 있어야 살아생전 불효했던 아들딸들이 죄책감을 모면하려고 서로 그 빚을 자신이 갚겠노라고 나서지 않겠어요? 그래서 아들딸들간에 효도경쟁이 벌어질 테니 얼마나 아름다운 광경이겠습니까. 형제간의 화목을 위해서나 남들의 평판을 고려해서 보더라도 말입니다."

살아 생전에 사랑으로 효도하기는 쉬워도
부모 잃고 그 부모 잊기는 어렵다고 했습니다.
효를 하는 마음에 어찌 많고 적음과 다함이 있을 수 있겠습니까.

## 현명한 바보

한 왕이 현명하다고 자부하는 신하들만을 데리고 있었다. 그런데도 늘 국정이 잘 안 풀리고 민심도 좋지 않아 그 이유를 연구해 보았더니 어리석은 신하가 필요하다는 결론이 나왔다. 현명한 사람만으로는 균형이 맞지 않는다는 것이었다. 그래서 수소문하여 어리석은 사람을 데려오게 되었다.

왕은 그가 정말 쓸모가 있는지 시험해 보기 위해 문제를 냈다.

"궁전에서 열 사람의 바보를 찾아 그 어리석은 순서대로 명단을 만들어 제출하라."

왕은 어리석은 사람에게 일주일의 시간을 주었다. 7일째 되는 날, 왕이 물었다.

"명단은 작성했는가?"

"예"

왕은 호기심을 느꼈다.

"누가 첫 번째지?"

"당신입니다."

왕은 화가 났다.

"아니 어째서냐? 그 이유가 무엇이더냐?"

"저는 어제까지 첫 번째 바보를 찾아내지 못했습니다. 그런데 당신이 어제 한 신하에게 수백만 루피를 주면서 먼 나라에 가서 귀한 보석을 사오라고 하는 것을 보고 당신으로 결정했습니다. 제 생각에 그는 다시 돌아오지 않을 것입니다. 그런데도 당신은 그를 믿었습니다. 그러니 당신은 바보임에 틀림이 없습니다. 바보들이나 믿으니까요."

"좋다. 그럼 그가 돌아오면 어찌하겠느냐?"

바보는 대답했다.

"그럼 당신의 이름을 지우고 대신에 그 신하의 이름을 적어넣겠습니다."

솔직한 자신의 생각을 거짓없이
그대로 이야기하는 사람이
바보일지라도 우리는 그가 좋습니다.

## 진짜 사랑

한 조각가가 심혈을 기울여 멋진 여인상을 완성했다. 그런데 돌로 만들어진 그 여인상이 어찌나 아름답던지 조각가는 그만 자기가 깎은 그 여인상을 사랑하게 되었다. 그는 식음을 전폐하고 그 조각상 앞에 앉아 밤이나 낮이나 고뇌와 열정에 휩싸인 눈으로 그녀를 응시했다.

조각가는 매일 간절하게 신에게 기도를 드렸다.

"이 대리석 조각의 여인이 사람이 되게 해 주십시오."

조각가의 애끓는 마음을 전해들은 신은 그의 마음에 감동하여 그 조각상에 생명력을 불어넣어 주었다.

하지만 여인상이 실제 사람이 되자 조각가는 자신이 완벽하게 만들어 놓은 여인의 몸매가 망가질까 염려되어 고민 끝에 그는 여인상에게 말했다.

"당신은 밖에 나가지 말고 집에만 있어야 합니다. 봄볕에 그을리거나 바람을 맞아 피부가 거칠어질지도 모르니까요."

조각가는 여인에게 또 먹지도 마시지도 못하게 했으며, 아무 일도 못하게 했다. 그는 자신이 창조해 낸 아름다움을 그대로 보존하기 위하여 어떠한 희생도 마다하지 않았다.

이런 처지에 놓이고 보니 그 여인은 서서히 자기 주인과 같이 사는 것이 싫어지기 시작했다. 여인은 신에게 기도를 올렸다.

"조각가가 사랑한 것은 제가 아니라 자기가 만든 작품이에요. 그러니 저를 다시 예전의 조각상으로 돌아가게 해주세요."

그를 사랑한다면 그의 결점까지도,
실수까지도 사랑하십시오.
감추거나 변화시키지 말고
있는 그대로의 그를 사랑하십시오.

## 예수님, 안녕

　날마다 정오만 되면 교회에 들어갔다가 2~3분만에 나오곤 하는 초라한 노인이 있었다. 이를 이상하게 여기던 교회 관리인이 그 노인에게 이유를 물었다.

　"나요? 왜 여기를 오냐고요? 그야 기도하려고 오지요."

　관리인이 다시 물었다.

　"그래요? 그런데 당신은 언제나 2~3분만 지나면 나가버리지 않습니까?"

　"하하, 저는 오래 기도할 줄 몰라요. 그저 날마다 12시만 되면 이리로 와서 '예수님, 나요. 나예요' 하고 인사만 하고 가는 겁니다."

　얼마 후에 그 노인이 병원에 입원을 하게 되었다. 그런데 그 노인이 입원한 그 병실에 변화가 일어나기 시작했다. 언제나 투덜대기만 하던 환자들이 이제는 매일 웃음을 쏟아내게 되던 것이다. 이를 이상하게 여긴 간호사가 할아버지에게 물었다.

　"그런데 할아버지, 이 병실 분위기가 이렇게 달라진 것이 할아버지 덕분이라고 하던데, 비결이 뭔가요?"

"그건 바로 매일 나를 찾아오는 방문객이 나를 즐겁게 해주기 때문이지."

"날마다 찾아오는 방문객이라뇨? 할아버지는 가족은 물론 가까운 친척도 없잖아요?"

"하하하. 그래도 매일 오는 사람이 있지."

간호사는 주변을 둘러보다가 다시 이렇게 물었다.

"그 방문객은 언제 오나요?"

"매일 12시면 내 침대 저쪽에 그 분이 오지. 내가 그분을 쳐다보면 빙긋이 웃으면서 나한테 한 마디 말을 건네고 돌아가시지만 말이야."

"뭐라고 하시는데요?"

"간단해. '여보게, 날세. 나, 예수네.' 라고 하지."

사랑하는 사람을 위해 준비해야 할 것은
사소한 관심과 따스한 마음입니다.

## 받고 싶은 선물은

백성들을 자신의 자식처럼 여기며 보살피는 어진 왕이 있었다. 왕은 시간이 날 때마다 평민복장을 하고 궁밖으로 나가 백성들이 살아가는 모습을 지켜보고 또 어울려 지내기도 했다.

어느 날 왕은 허름하게 차려입고 한 대중 목욕탕을 찾았다. 많은 사람들이 탕 안에 몸을 담그고 서로 대화를 나누어가며 목욕을 즐기고 있었다.

목욕물은 지하실에 설치된 화로에 의해 데워졌는데 화로를 관리하는 화부는 단 한 사람이었다. 왕은 잠시도 쉬지 않고 불을 지피고 있는 그 화부를 만나기 위해 지하실로 내려갔다. 지하실은 어둡고 지저분했으며 뜨거운 열기로 가득했다.

"일하기가 쉽지 않겠구려. 내가 잠시 있다가 가도 방해가 안되겠소?"

왕의 말에 화부는 '어쩌다 들른 사람이겠지. 얼마나 버티나 지켜보자.' 하는 생각을 하면서 고개를 끄떡였다.

그런데 그 다음날도, 그 다음날도 왕의 지하실 방문은 계속되었다.

그리고 잠시 동안이지만 화부의 말동무가 되어 주고 돌아가 곤 했다. 그러자 화부도 점차 왕에게 마음을 열기 시작했다. 그리고는 자신이 준비해 온 밥을 함께 나눠먹기도 하고 자신의 고민도 얘기하기 시작했다.

그리던 어느 날, 왕은 자신의 정체를 화부에게 밝히고 원하는 것이 있으면 말해 보라고 했다. 그러자 화부는 왕을 똑바로 쳐다보면서 말했다.

"편안한 궁궐을 놔두시고 저를 만나기 위해 이처럼 뜨겁고 더러운 곳을 방문하시다니 몸둘 바를 모르겠습니다. 더구나 거친 음식도 함께 잡수시면서 제게 진정으로 각별한 관심을 보여주셨습니다. 전 이미 너무나 훌륭한 선물을 폐하로부터 받았습니다. 폐하 자신을 제게 주셨으니, 제게 이보다 더 큰 선물이 어디 있겠습니까."

"고맙네. 앞으로도 나를 전처럼 친구로 맞아 주겠나?"

"폐하. 여기 지하실은 아무도 찾아주지 않는 곳이지만 저만의 왕국이고 여기에서는 제가 왕이랍니다. 친구가 필요하실 때면 언제라도 저의 왕국으로 왕림하여 주십시오."

왕은 화부의 말에 껄껄 웃으며 말했다.

"선물은 오히려 내가 받았네 그려!"

만약 제게 선물을 주고 싶다면
그저 따스한 당신의 마음을 주십시오.

## 천년보다 긴 세월

자식을 백 명이나 둔 나이가 백 살이 넘은 늙은 왕이 있었다.

죽음을 눈앞에 둔 그에게 어느 날 죽음의 사자가 그를 데리고 가기 위해 나타났다.

"안녕하시오. 이제 나와 떠날 시간이 되었오."

그러나 왕은 지금 죽기에는 너무 억울하다는 생각이 들었다. 그래서 죽음의 사자에게 통사정을 하였다.

"내 많은 아들 중의 하나를 나 대신 데려갈 수는 없소? 난 아직 제대로 내 인생을 살아보지 못했오. 나라의 일을 보살피느라 너무 바빠서 말이오."

죽음의 사자는 그가 비통하게 이야기하는 것이 하도 불쌍해 보여 이렇게 말했다.

"좋소. 그러나 그대의 아들 중에서 스스로 아버지 대신 죽겠다고 말하는 자가 있어야 하오."

그러나 아들 중에서 아무도 선뜻 나서는 사람이 없던 차에 어린 막내아들이 가까이 다가오더니 말했다.

"제가 아버지를 대신하겠습니다."

죽음의 사자가 막내아들에게 말했다.

"네가 너무 어려서 아직 무엇을 모르는 모양이구나. 어린 네가 왜 나서느냐?"

막내아들이 대답했다.

"아버지께서는 백 년을 넘게 살았지만 아쉬워하고 계십니다. 그렇다면 저도 그럴 것이 아닙니까? 결국 더 산다고 하더라도 아쉬운 것은 마찬가지일 테니까요."

막내아들이 죽음의 사자에게 잡혀간 뒤, 다시 백 년이 흘렀다. 그리고 다시 죽음의 사자가 찾아왔다.

그러나 왕의 욕심은 끝이 없었고 결국 아들 중에 한 명이 다시 그를 대신하여 죽음의 세계로 가고 말았다. 그리고 그런 일이 계속 이어졌다. 매번 아들 하나가 대신 목숨을 바쳤고 아버지는 살아남았다.

그가 천 살이 되었을 때, 죽음의 사자가 다시 와서 물었다.

"어때? 이번에도 다른 아들을 데려갈까?"

그러나 왕은 고개를 흔들며 말했다.

"아니오. 이젠 천 년이라도 소용없다는 것을 깨달았소."

이번에도 아들 중의 하나를 데리고 가려고 준비하던 죽음의 사자가 깜짝 놀라 왕을 쳐다보았다. 왕은 담담히 말을 이었다.

　"시간이 아니라 마음이 문제였다는 걸 몰랐습니다. 백 년의 시간이 열 번이나 계속 이어졌지만, 나는 그때마다 다시 쓸데없는 일에 시간을 허비하고 있었습니다. 나는 삶을 낭비하는 데 익숙해져 있었던 것입니다. 이제 시간은 나에게 아무런 도움이 안 된다는 걸 깨달았습니다."

시간은 넉넉하게 은행이나 창고에 쌓아 두는 물건이 아닙니다.
시간은 지금 이 순간에도 무서운 속도로 사라지고 있습니다.

## 어떤 도둑질

너무 가난하게 살던 한 사람이 어떻게 하면 부유하게 지낼 수 있을까 하고 생각한 끝에 부잣집에 찾아가서 물었다.

"어떻게 하면 부자로 살 수 있는지, 그 방법을 알고 싶습니다. 제발 가르쳐 주십시오."

부자가 대답했다.

"그건 어려운 일이 아닙니다. 나는 도둑질을 했습니다. 도둑질을 시작한지 1년만에 자급자족을 하였고, 2년만에 저축을 할 수 있었고, 3년째는 넉넉하게 살 수 있게 되어 지금은 이웃에게 나누어주며 살고 있습니다."

이 말을 들은 가난한 사람은 '나도 도둑질을 하면 부자로 살 수 있겠구나!' 하는 생각에 기뻐하며 집으로 돌아왔다. 그리고는 다음날부터 남의 집에 숨어들어 보이는 대로 도둑질을 했다. 그러다가 그는 결국 잡혀서 죽도록 얻어맞고 갖고 있던 재산까지도 모조리 압수 당하고 말았다.

가난한 사람은 그 부자가 자기를 속였다고 생각하고 부자를 찾아가 원망을 늘어놓았다.

푸념을 듣고 있던 부자가 물었다.

"도대체 당신은 무엇을 도둑질했소?"

가난한 사람이 사실대로 말하자 부자는 고개를 설레설레 흔들며 말했다.

"나는 하늘이 우리에게 내려 준 자연과 바람, 비 그리고 산과 들에 나는 것과 바다에 사는 것을 도둑질했습니다. 나는 농사를 짓고, 온갖 짐승을 키웠던 것입니다. 결국 나는 하늘이 내려 준 것을 훔쳤던 것입니다."

자연을 훔쳤다고 하지만 사실 그것은
자연이 우리에게 주는 선물이었습니다.
혹시 당신은 그런 선물을 마다하고
엉뚱한 곳에 가서 남의 것에 마음을
빼앗기고 있지는 않은 지요.

## 가슴으로 보는 눈

　한 청년이 사고로 인해 양쪽 눈의 시력을 모두 잃었다. 비관에 빠진 그는 살 의욕조차 잃어버렸다. 가족들은 상의 끝에 그 청년을 앞 못보는 이들을 위한 학교로 보내기로 하였다.

　그가 학교에 도착하자 교장 선생님은 한 선생님을 부르더니 학교 건물과 교정 곳곳을 소개해 주라고 하였다. 음성이 무척 명랑한 선생님은 청년의 팔을 잡은 채 사무실을 나갔다. 복도를 지나고 학교의 현관 입구로 간 선생님은 이렇게 말하였다.

　"자, 이제 우리는 현관 밖의 계단을 내려갈 것입니다. 계단은 모두 열 개입니다. 다 내려가면 오른쪽으로 돌아서 화단 앞을 지날 것입니다. 화단 앞을 지나면 교정을 한 바퀴 돌겠습니다. 제 말을 잘 기억하고 그대로 가 보세요. 혹시 미심쩍거나 무슨 일이 생기면 제 손이 항상 당신의 팔꿈치 근처에 있으니까 그것을 잡으세요."

　친절한 선생님의 얘기에 청년은 아주 마음이 편안해졌다. 그는 계단을 하나하나 세면서 내려갔다. 오른쪽으로 돌아가니 화단이 있는 것이 금방 느껴졌다. 향기로운 꽃향기를 느낄 수 있었기 때문이었다. 청년은 자기 마음속에 생기는 자신감을 느끼면서 교정을 한 바퀴 다 돌았다. 선생님과 함께 자신의 숙소까지 다다른 그 청년은 선생님에게 진심으로 감사의 인사를 드렸다.

"참으로 감사합니다. 저같이 눈먼 사람의 입장을 정말 잘 이해하고 계시는군요."

그러자 선생님은 대답했다.

"물론 전 학생의 입장을 잘 이해합니다. 왜냐하면 저도 앞을 전혀 못 보는 사람이기 때문입니다."

아픔을 모르는 사람은 환자를 돌볼 수 없습니다.
지금 당신이 아픔을 느끼고 있다면,
앞으로 아픈 누군가를
도울 수 있는 위치에 설 수 있다는
기쁜 마음을 가지십시오.

## 과자 도둑

한 여자가 공항 대합실에 앉아 몇 시간째 비행기를 기다리고 있었다. 너무 지루했던 그녀는 근처 상점으로 가서 책과 함께 과자 한 봉지를 사 가지고 의자에 앉았다.

책을 보며 과자를 먹던 그녀는 아까부터 그녀 옆에 앉은 한 남자가 자신의 과자를 하나씩 꺼내 먹는 것을 느낄 수 있었다. 그러나 뭐라고 말할 수 없어서 모르는 척 행동했다.

그러는 사이 그녀의 과자 봉지는 점점 비어가기 시작했다.

그녀가 과자 하나를 꺼내면 그도 하나를 꺼냈다. 이제 과자는 한 개밖에 남지 않았다. 그녀는 그 남자가 어떤 행동을 취할지 궁금했다.

'이제 마지막 하나가 남았는데, 염치도 없이 그것까지 먹지는 않겠지?'

그때 남자가 미소를 머금은 얼굴로 그녀를 쳐다봤다. 그리고는 하나 남은 과자를 집어들어 절반으로 나눈 후, 반쪽은 그녀에게 내밀고 나머지 반쪽은 자신의 입에 넣었다.

그녀는 벌떡 일어나 그 남자를 한참 동안 경멸의 눈으로 쳐다보다가 그 자리를 떠났다.

'정말 이상한 사람이야!'

드디어 비행기에 올라 자신의 좌석에 앉은 그녀는 책을 가방에 넣다가 깜짝 놀라고 말았다.

가방에는 그녀의 과자 봉지가 고스란히 들어 있었다.

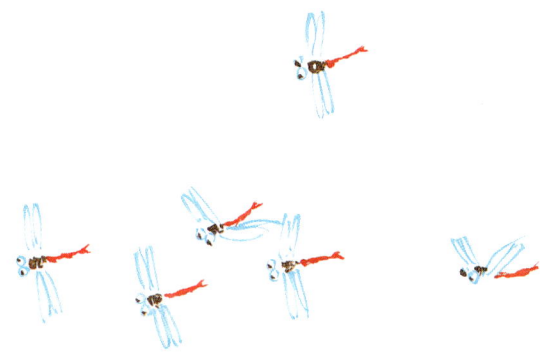

비판적인 눈으로 남을 판단하기 이전에
우선 자기 자신을 바라보십시오. 그것이 지혜로움의 시작입니다.

가장 무서운 것은 자신의 고정관념입니다.
우리가 불행에 빠지는 이유의 대부분은
우리가 지니고 있는 고정관념 때문입니다.

# 삶의 향기

## 3부

지금 너희들은
저 동그라미 속에 들어가도 죽고
동그라미 밖에 그대로 머물러 있어도 죽는다.
자, 그렇다면 너희들은
어떻게 해야 목숨을 부지할 수 있겠느냐?

## 나무 그릇을 깎는 손자

　장성한 아들과 한집에 살고 있는 노인이 있었다. 아들과 며느리는 그를 극진히 공경했으며, 무엇보다도 그에게 기쁨을 주는 어린 손자가 있었다. 매일 저녁이면 가족 모두가 커다란 원형의 식탁에 둘러앉아 함께 저녁 식사를 했다. 노인은 더없이 행복하고 만족스러웠다.

　그런데 세월이 지나면서 노인의 건강이 쇠약해지기 시작했다. 손이 떨리기 시작했으며, 떨리는 손 때문에 찻잔이나 접시를 떨어뜨리기도 했다.

　처음 몇 번은 그런 아버지를 걱정하며 자상하게 보살피던 아들이었지만 그런 일이 거듭되자 늙은 아버지에게 점점 화를 내기 시작했다.

　어느 날 저녁, 여느 때처럼 식탁에 둘러앉아 저녁 식사를 하면서 노인은 수프를 떠먹다가 숟가락으로 그릇을 치는 바람에 그릇이 깨지고 수프가 엎질러지면서 식탁이 온통 엉망이 되고 말았다.

　"아버지. 대체 왜 이러세요? 이젠 숟가락질도 제대로 못하는군요. 차라리 방에서 혼자 식사하세요."

다음 날, 아들은 나무로 만든 그릇을 사왔고, 노인은 자신의 방에서 혼자 나무 그릇에 담긴 음식을 먹어야 했다. 홀로 쓸쓸하게 식사하는 것은 견디기 힘든 고통이었다.

어느 날, 아들이 퇴근해서 집으로 돌아왔을 때, 차고 한쪽의 작업대에서 열심히 무엇인가를 만들고 있는 자신의 아들을 발견했다.

"뭘 만드는 거니?"

소년은 자랑스럽게 손에 들고 있는 물건을 들어올렸다.

"나무 그릇을 깎고 있어요. 아침부터 지금까지 내내 만들었어요. 나중에 아빠가 할아버지처럼 늙어서 나랑 살게 될 때를 대비하는 거예요."

사랑하는 사람은 언제든 얻을 수 있지만
부모님은 그렇지 않습니다.
해도 해도 부족한 것이 부모님에 대한 효입니다.

해강

옛날에 한 사나이가 다른 사람의 모함으로 왕의 노여움을 사서 사형을 선고받고 말았다. 사나이는 왕에게 목숨만은 살려 달라고 애원을 하며 이렇게 말했다.

"왕이시여, 제 마지막 소원입니다. 만약 저에게 1년 동안만 여유를 주신다면 폐하께서 가장 아끼시는 말이 하늘을 날 수 있도록 가르치겠습니다. 만약 1년이 지나서도 말이 하늘을 날지 못한다면, 제 목숨을 내놓겠습니다. 하지만 만약 제가 누명을 쓴 것이라면 그 말은 반드시 하늘을 날아오를 것입니다."

왕은 그의 애원을 받아들여 자기가 가장 사랑하는 말을 주며 1년 후에 말이 하늘을 날게 된다면 사형을 면하게 해주고, 만약 그 약속을 어길 경우 목숨을 부지하지 못할 것이라고 말했다.

왕이 돌아간 뒤, 다른 죄수들이 그에게 다가가 이렇게 말했다.

"자네는 정말 바보 같은 짓을 했어. 어떻게 말이 하늘을 날아오른단 말인가?"

그러자 그는 이렇게 말했다.

"일단 목숨이 붙어 있는 한 희망도 있는 것이오. 1년 안에 국왕이 죽을지도 모르고 또 저 말이 죽을지도 모르는 일 아니겠오? 1년 안에 무슨 일이 일어날지 그 일을 감히 어느 누가 알 수 있단 말이오?"

내일이 있는 한 우리에게는 희망이 있습니다.
그리고
희망이 있는 한 인생은 열심히 살아갈 가치가 있는 것입니다.

## 착한일 30원어치

염라대왕이 죽은 사람들을 한 명씩 심사하고 있었다. 그 사람이 생전에 얼마나 착한 일을 많이 했느냐 그렇지 않았느냐에 따라 천국으로 보낼 것인지, 아니면 지옥으로 보낼 것인지를 결정하는 아주 중요한 순간이었다.

드디어 자기 차례가 되어 염라대왕 앞에 서게 된 사내 하나가 벌벌 떨기 시작했다.

염라대왕은 속으로 '어허, 저 녀석은 나쁜 일을 아주 많이 한 모양이군.'이라는 생각을 하며 그에게 물었다.

"넌 무슨 착한 일을 했느냐? 차근차근 말해 보거라."

사내는 아무리 생각해 보아도 착한 일을 한 것이 별로 생각나지 않았다. 그러나 천국으로 가고 싶은 욕심에 끙끙거리며 머리를 짜내기 시작했다.

"생각났습니다! 거지에게 10원을 준 적이 있습니다."

그 말을 들은 염라대왕이 다시 물었다.

"그것 말고는 없는가?"

사내는 다시 머리를 쥐어짰다.

"또 생각났습니다. 구세군 자선냄비에 20원을 넣은 적도 있습니다!"

"다른 건 없는가? 그것뿐인가?"

염라대왕이 다시 묻자 사내는 머리를 긁적이며 말했다.

"분명히 또 있을 텐데 잘 생각이 나질 않습니다."

그러자 곁에 있던 염라국 서기가 사내의 기록을 들춰보며
말했다.

"더 이상은 없습니다. 이 녀석은 지금 말한 두 가지가 착한
일의 전부입니다."

그 말을 들은 염라대왕은 잠시 생각에 잠겼다가 조용한 목
소리로 판결을 내렸다.

"그럼 이 녀석에게 30원을 돌려주고 당장 지옥으로 보내거
라!"

그 사내가 만약
이렇게 말했다면 어떠했을까요?
"네, 저는 정말이지 좋은 일을 한 기억이 없습니다.
정말 뉘우치고 있습니다."

## 불행해지는 방법

　어느 마을에 힘이 아주 장사인 소년이 살고 있었다. 비록 거지의 아들이었지만 그의 힘은 아무도 따를 자가 없었다. 그런데 가끔 왕이 코끼리를 타고 그 마을을 지나갈 때면 소년이 코끼리에게 다가가 그 꼬리를 잡고 늘어지곤 했다. 힘이 얼마나 장사인지 커다란 코끼리는 그 소년에게 꼬리를 잡혀 한 걸음도 앞으로 나아가지 못하곤 하였다. 마을 사람들은 그 모습을 보고 배꼽을 잡고 웃었고 코끼리 위에 올라탄 왕은 난처한 얼굴을 감출 수 없었다.

　왕궁으로 돌아온 왕이 수상을 불러 말했다.

　"이제 나는 그 마을을 지나는 것이 두렵기까지 하다. 그 소년에게서 힘을 빼앗을 방법은 없겠는가?"

　수상이 대답했다.

　"그 아이는 거지에 불과합니다. 만일 그에게 가게가 있다면 그는 장사를 하기 위해 자신의 에너지를 소비할 것입니다. 그러나 그에게는 일이 없어서 자신의 힘을 소비할 곳이 없습니다. 게다가 마을 사람들이 그를 보면 재미를 느끼기 때문에 그 대가로 항상 먹을 것을 주어서 어려움없이 살고 있습니다.

왕이 고개를 끄덕였다. 수상의 말은 계속 이어졌다.

"소년은 너무 행복하며 그 행복이 힘의 원인입니다. 그래서 저는 그 소년에게 작은 일거리를 하나 주는 것이 좋다고 생각합니다. 매일 밤 마을의 사원으로 가서 램프에 불을 켜는 일을 시키는 겁니다. 그리고 그 일을 할 때마다 금화를 하나씩 주는 겁니다."

"그게 무슨 방법인가? 그는 매일 금화를 얻어서 더욱 풍족하게 살게 될 것이고, 그러면 더욱 힘이 강해지지 않겠는가?"

"일단 제 말씀대로 해보십시오."

왕은 수상의 자신감에 밀려 그 일을 허락하였다. 그리고 2주일이 지난 다음, 왕은 다시 그 마을을 지나가게 되었다. 왕이 코끼리를 타고 나타나자 어디선가 그 소년이 다시 나타나 코끼리의 꼬리를 잡고 늘어졌다. 그러나 예전과 달리 그 소년은 코끼리에게 질질 끌려가고 있었다.

왕은 껄껄 웃으며 왕궁으로 돌아가 수상을 불러 그를 치하했다.

"정말 대단하오. 그런데 대체 무슨 일이 일어난 거요?"

"그는 금화를 모으기 시작하면서 힘을 잃었습니다. 그는 이미 14개의 금화를 모았고 앞으로 계속 금화는 쌓여 100개가 될 날도 멀지 않았습니다. 결국 그는 계산을 시작했고, 200개의 금화를 꿈꾸기 시작했습니다. 잠을 잘 때에도 '지금 무엇을 하고 있는 거야? 빨리 가서 램프에 불을 켜고 금화를 받아오라구!' 하는 꿈을 꾸게 되었습니다. 결국 그는 피곤해졌고 불행해졌고 에너지는 모두 사라지고 만 것입니다."

오늘에 만족하며 지낸 사람이 내일도 행복할 것입니다.

## 모든 것은 지나간다

어떤 왕이 귀한 보석이 박힌 반지를 구하게 되었다. 그는 크게 기뻐하며 현자에게 이렇게 주문했다.

"이 반지에 세상에서 가장 지혜로운 말을 새겨 주게."

며칠 뒤 현자는 반지 안쪽에 종이를 바른 채로 왕에게 건네주며 이렇게 말했다.

"이 종이 안에 지혜로운 말을 새겨 넣었습니다. 그러나 함부로 열어 보지 마십시오. 가장 위급하다고 생각될 때에만 열어 보십시오."

왕은 무척 궁금했지만 현자의 말을 명심하여 꾹 참고 열어 보지 않았다.

그 후 어느 날, 이웃나라가 쳐들어왔다. 왕은 군사들을 이끌고 나가 싸웠지만 곧 패배하여 혼자서 산 속 깊이 도망쳤다. 그러나 왕이 도망가는 모습을 발견한 적군들은 집요하게 왕의 뒤를 추적해 오고 있었다.

필사적으로 도망가는 왕 앞에 다시 절벽이 나타나자 왕은 앞이 캄캄해지고 말았다.

'아, 이게 마지막이란 말인가!'

절망적인 상황이었다. 그 순간 왕의 머릿속에 현자의 말과 그 반지가 떠올랐다. 그는 간직하고 있던 상자를 열어 반지 안쪽을 살펴보았다.

그 반지에는 '이번에도 그냥 지나갈 것이다.'라고 씌어 있었다. 그 글귀를 읽자 왕은 곧 마음이 가라앉았다.

'그래, 모든 것은 지나가게 마련이다. 기다려보자.'

왕은 두 눈을 지그시 감고 조용히 숨을 죽이고 운명의 순간을 기다렸다. 그러자 추적해 오던 적군들이 왕을 발견하지 못하고 비껴 지나가고 말았다.

구사일생으로 살아난 왕은 곧 흩어졌던 병사들을 모아 대대적인 반격을 펼쳐 얼마 지나지 않아 곧 궁궐을 되찾을 수 있었다.

전쟁에서 승리한 왕과 백성들은 승리를 축하하는 대대적인 축제를 벌였다.

백성들은 이번의 승리가 용감하고 현명한 왕이 있었기에 가능했다며 큰 소리로 왕을 칭송하였다.

"대왕 만세! 대왕 만세!"

왕은 그 소리에 취해 두 손을 번쩍 들어 백성들의 칭송에 화
답했다.

"영원한 승리를 위하여!"

그런데 바로 그 순간 왕의 머리에 그 글귀가 또렷하게 떠오
르기 시작했다.

'이번에도 그냥 지나갈 것이다.'

왕은 정신을 차리고 다시 마음을 추스렸다.

행복과 불행, 아름다움과 추함 역시 한순간의 겉모습에 불과합니다.
영원한 것은 아무 것도 없습니다.
이 영원한 진리 앞에 우리는 모두 겸손해야 합니다.

## 새장 속의 새

평생을 감옥에서 보낸 늙은 죄수가 있었다. 그에게는 가족이나 친척도 없었기에 고독만이 그의 유일한 친구였다.

그러던 어느 날, 늙은 죄수에게 친구가 생겼다. 감옥 창틀에 날아온 참새 한 마리가 그 주인공이다. 그 참새는 매일 늙은 죄수에게 노래를 불러 주었고 늙은 죄수는 참새에게 자기가 먹을 빵 부스러기를 나누어주었다.

늙은 죄수에게 그 참새는 평생 처음으로 사귄 친구였기에 그에게 큰 행복을 가져다주는 존재가 되었으며 늙은 죄수는 비로소 사랑에 눈을 뜨게 되었다.

하지만 이별의 날이 다가오고 말았다. 갑자기 늙은 죄수에게 외딴 섬에 있는 감옥으로 옮겨가라는 명령이 떨어졌던 것이다. 늙은 죄수에게는 날벼락 같은 소식이었다.

그는 참새와 헤어질 수 없었다. 고민에 고민을 거듭하던 그는 나뭇가지와 철사 부스러기를 주워 조그만 조롱을 만들어 참새를 그 안에 소중히 담아 품에 안고 배에 올랐다.

그러나 죄수들의 밀고 당기는 혼잡함 속에 떠밀리다가 그만 허술하게 만들어진 조롱이 부서지고 말았다.

112

참새는 힘차게 하늘로 날아올랐지만 이내 물 위로 떨어지고
말았다. 참새가 조롱에서 빠져 나와 날아가 버리지 않을까 염
려한 늙은 죄수가 새의 꼬리를 잘랐기 때문이다.

　참새를 건져 달라는 부르짖음은 뱃고동 소리에 감춰져 들리
지 않았다. 늙은 죄수는 바다 속으로 가라앉지 않으려고 파닥
거리는 작은 새를 안타까운 눈으로 바라볼 뿐이었다.

사랑은 내가 사랑하는
사람의 것이 되는 것입니다.
'늙은 죄수의 새'가 아닌
'새의 늙은 죄수'가 되어야 합니다.

## 처음 만난 그날처럼

어느 유명한 카페의 창가 테이블에 혼자 앉아서 외롭게 식사를 하고 있는 중년 부인이 있었다. 카페의 손님들은 모두 그녀를 보며 '저렇게 멋진 여자가 왜 혼자서 식사를 하고 있을까?' 하고 생각했다.

그리고 그 카페의 다른 한 쪽 테이블에도 역시 혼자 식사를 하고 있는 멋진 중년 신사가 있었다.

중년 신사는 조용히 웨이터를 부르더니 메모한 종이를 건네주었다. 메모한 종이를 정중하게 받아 본 웨이터는 곧장 혼자서 식사하고 있는 창가의 여인에게로 다가가 그녀에게 메모를 전해 주었다. 여인은 메모를 받아 보았지만 이내 접어서 탁자한 끝에 밀어 놓고 아무 일 없었다는 듯 식사를 계속했다.

식사를 마친 신사는 혼자 앉아 있는 여인을 잠시 바라보더니 여인이 앉아 있는 테이블로 다가갔다. 신사는 여인에게 상체를 굽혀 무엇인가 속삭이더니 옆자리에 앉았다. 드디어 여인이 식사를 끝내고 자리에서 일어서자 신사도 조용히 일어나 그녀를 따라 나란히 밖으로 나갔다.

이제까지 그들의 모습을 지켜보던 한 손님이 웨이터에게 농담이라도 하듯 넌지시 물었다.

"이런 고급 식당에도 저런 일이 있나요?"

"아닙니다. 손님은 이해하지 못하시겠지만, 방금 보신 것을 저는 26년째 계속 보고 있습니다."

"26년이라고?"

"네. 혼자 앉아서 각자 식사를 하시던 두 분 손님은 26년 전, 방금 손님이 보신 것과 똑같은 모습으로 처음 저희 식당에서 만났는데 곧 결혼을 하셨어요. 그리고 해마다 같은 날이면 두 사람이 만난 이 곳을 찾아와서 처음 만났던 그때처럼 당시의 상황을 재현한답니다."

떨리는 가슴과 흥분된 마음으로 정신없이 사랑에 빠지는 일은 누구나 할 수 있는 일입니다. 그러나 그것을 유지하는 것은 의지가 있는 일부 사람들의 몫입니다.

# 내가 가장 잘할 수 있는 일

어느 날, 초가 지붕 위에 박씨가 떨어졌다. 그 박씨에서는 드디어 새싹이 돋아났고 얼마 후 아주 작은 박이 열렸다.

처음에는 콩알만한 박이었지만 점점 커져 마침내는 커다랗고 탐스러운 박으로 자라났다. 탐스러운 박이 열린 초가 지붕 위에는 정말 박과 닮은 둥근 달이 밤마다 떠올라 환하게 세상을 비추곤 했다.

박은 매일 밤 그런 달을 보면서 '나도 달이 되어 저렇게 하늘에 두둥실 떠 있을 수 있다면 얼마나 좋을까?' 하고 생각했다.

귀뚜라미가 울어대던 어느 가을날, 그 날도 달은 어김없이 초가 지붕 위로 떠올랐다.

"달님, 달님"

박이 달을 불렀다.

"왜?"

"내 모습은 달님을 많이 닮았어요. 그런데 왜 저는 달님처럼 빛나지 않을까요?"

박은 글썽거리면서 물었다.

그러자 달은 부드러운 미소와 함께 이렇게 말했다.

"옛날 한 소녀가 있었단다. 소녀는 노래부르는 사람을 보고 성악가가 되려고 했지. 그러다가 그림을 잘 그리는 사람을 보면 또 화가가 되고 싶었지. 그러나 나중에는 동화를 쓰는 작가가 되었단다."

"왜 그랬지요?"

"그건 각자의 재능이 서로 다르니까 그런 거란다."

박은 달님의 말을 곰곰이 생각해 보기 시작했다. 며칠이 지난 뒤, 생각을 끝낸 박이 달님에게 입을 열었다.

"달님, 저는 저의 단단하고 탐스런 껍질로 튼튼한 그릇이 되겠어요."

그러자 달은 대답하였다.

"그래, 내가 못하는 일을 너는 잘 해낼 거야."

내가 가장 잘 할 수 있는 일이 있다면 무엇일까요
어쩌면 그 속에 행복과 성공이 있을지도 모릅니다.

# 성서의 값어치

고급 양피지에 쓰여진 귀중한 성서 한 권을 지닌 신부님이 있었다. 구약과 신약을 다 담고 있는 이 성서는 값이 매우 비싼 것이었다. 한 번은 마을 사람이 신부님을 방문했다가 책상 위에 놓인 성서를 발견하고는 몰래 가져가 버렸다.

신부님은 성서가 없어진 것을 보고 아까 방문했던 마을 사람이 가지고 간 걸 알았지만 그가 도둑질한 죄에 거짓말하는 죄까지 저지를까 염려가 되어 그 일을 그대로 덮어두었다.

성서를 훔친 마을 사람은 근처 도시로 그 양피지 성서를 팔러 갔다. 성서를 살펴보던 상인이 이렇게 말했다.

"나에게 그 책을 잠시 빌려주시오. 그것이 정말 값어치가 있는가 확인해 보겠소."

상인은 성서를 들고 신부님을 찾아갔다.

"신부님, 이 성서가 값어치가 있는지 판단해 주십시오. 이게 정말 귀한 건가요?"

성서를 본 신부님이 말했다.

"그렇습니다. 이것은 정말 훌륭한 책입니다."

상인은 그 말을 듣고 돌아와 말했다.

"자. 돈을 받으시오. 이 성서를 신부님께 보여드렸더니 좋은 책이라고 하시더군요."

마을 사람은 깜짝 놀랐다.

"그 말 이외에 다른 말씀은 하지 않던가요?"

"예. 다른 말씀은 전혀 없으셨습니다."

성서를 팔려고 했던 마을 사람은 크게 깨달은 바 있어 신부님에게 급히 달려가 눈물을 흘리며 용서를 구했다.

용서해 주는 사람보다 더 큰 사람은 없습니다.
질책하고 나무라는 사람보다 우리가 더 두려워하는
사람은 용서해 주는 사람입니다.

# 마음의 그림

어느 부인이 유명한 화가의 그림을 비싼 값에 구입했지만 그것이 과연 진품인지 모조품인지 믿을 수가 없어 미술 전문 감정가를 찾아가 감정을 부탁했다.

감정가는 그림을 잠깐 보더니 자신 있게 말했다.

"부인, 이 그림을 그린 화가는 제 친구입니다. 그리고 그 친구가 이 그림을 그릴 때 저는 바로 그 옆에 있었죠. 이 그림은 분명히 그 친구가 그린 진품이 확실합니다."

그러나 의심이 많은 그 부인은 그래도 안심이 되지 않아 그림을 직접 그린 화가를 찾아가 보기로 했다.

화가는 그림을 한참 동안 들여다보더니 이렇게 말했다.

"이 그림은 진품이 아닙니다."

그러자 그림을 구입한 부인과 함께 찾아온 감정가 친구가 어이가 없다는 듯이 말했다.

"아니, 여보게. 이 그림을 그릴 때 내가 자네 옆에서 지켜보고 있었는데 그게 무슨 소린가?"

화가는 고개를 흔들며 말했다.

"내가 이 그림을 그린 것은 사실이라네. 하지만 이 그림은 진품이 아닐세."

그리고 다시 조용히 입을 열었다.

"이 그림을 누가 그렸는가 하는 것은 중요한 것이 아니라네. 설사 내가 그렸다고 하더라도 내 마음이 안정을 찾지 못한 상태에서 그린 그림은 진품이라고 할 수 없네. 그러니 이 그림은 모조품이라고 할 수밖에 없지 않겠는가."

내가 지금 이 자리에 있다고 하여도, 내가 진정으로 원하던 곳이 아니라면
이 자리를 온전히 내 자리라고 할 수는 없습니다.
내 마음이 원하는 곳, 그곳에 머물러야 합니다.

## 사랑해 본 경험이 있나요

높은 학식과 덕망을 갖춘 수도승이 어느 작은 마을에 머무르고 있었다. 그 소식을 들은 마을 사람들 중에 한 사람이 찾아와 수도승에게 말했다.

"저는 이제까지 신을 알기 위해 공부를 열심히 해왔습니다. 부디 저에게 신을 깨달을 수 있는 지혜를 주십시오."

수도승이 그에게 물었다.

"그대는 누군가를 진실로 사랑해 본 적이 있는가?"

그러자 그 사람은 단호하게 고개를 흔들며 말했다.

"없습니다. 저는 그렇게 세속적인 일로 죄를 범하지는 않았습니다. 그런 식으로 타락한 적이 한 번도 없었습니다. 진실로 저는 신을 깨닫고 싶을 뿐입니다."

수도승이 다시 물었다.

"아직 한 번도 사랑의 고통을 느껴 본 적이 없다는 말인가?"

그 사람이 다시 단호하게 말했다.

"저는 지금 진실을 말하고 있는 중입니다."

수도승이 다시 세 번째로 물었다.

"그러지 말고 잘 생각해 보시오. 누군가를 아주 조금이라도 사랑한 적이 없는가?"

그러자 그 사람은 약간 짜증스러운 표정으로 말했다.

"제가 관심이 있는 것은 오로지 신입니다. 그리고 진리입니다."

수도승은 안타깝다는 얼굴로 이렇게 말했다.

"그렇다면 나도 방법이 없군. 내 경험에 의하면 만약 당신이 누군가를 아주 조금이라도 사랑한 경험이 있다면, 어떻게든 신과 진리에 대해 설명을 할 수 있겠지만 그렇지 않다면 도와줄 수가 없다네."

사랑하는 마음을 빼놓고 살아가라고 하신다면,
저는 한순간도 살 수 없습니다.

## 난 너무 가난해요

경제적으로 부유한 가정이 있었다. 그러나 아버지는 자신의 아들이 너무 부유한 생활에만 익숙해 있다는 것이 걱정이었다.

'진정한 인생을 알기 위해서는 가난도 알아야 할텐데….'

아버지는 아들에게 가난을 알려주기 위해 시골로 여행을 떠났다.

여행을 떠나 얼마나 지났을까? 그들은 찢어지게 가난한 어느 집에서 하루를 보내게 되었다. 그 집에서 하루를 묵고 다음날 길을 떠나며 아버지가 아들에게 물었다.

"이번 여행에서 무엇을 느꼈지? 말해 보거라."

"정말 좋았어요, 아버지."

"오, 그래? 그거 다행이구나. 가난한 사람들이 어떻게 살고 있는지 잘 보았겠지?"

"그럼요."

"그래서 무엇을 느꼈지?"

"우선 말이에요, 우리 집에는 개가 한 마리뿐인데 그 집에는 네 마리나 있었어요. 우리 집 풀장은 정원 중간까지인데 그들에게는 끝도 없이 넓은 호수가 있었어요."

아버지는 전혀 예상하지 못한 아들의 이야기에 깜짝 놀라고
있었지만 아들은 계속 이야기를 이어갔다.

"우리 집 정원에는 몇 개의 램프가 서 있지만 그들에게는
수를 셀 수 없을 정도로 많은 별들이 있었어요. 우리 집의 마
당은 담장까지가 전부인데 그 사람들의 뜰은 지평선이 닿는
곳까지였어요.

네모난 창문을 통해 하늘을 보면 그 하늘은 네모의 모양입니다.
그러나 탁 트인 언덕 위에서 하늘을 보면 그 하늘은 끝없이 펼쳐집니다.

## 쇠똥구리가 되어 버린 왕비

옛날에 왕비를 무척 사랑하는 왕이 있었다.

어느 날 왕비가 병이 들어 시름시름 앓다가 이내 죽고 말았다. 왕은 슬픔에 잠겨 식음을 전폐하고 매일 왕비의 유해를 자신의 곁에 두고 탄식하며 슬퍼하였다. 이를 본 신하들은 어떻게든 왕을 위로하려고 노력했으나 허사였다. 며칠이 지난 어느 날 스스로 도사라고 칭하는 자가 찾아와 왕에게 말했다.

"왕이시여, 알고 싶다면 왕비가 다시 태어난 곳을 가르쳐 드릴 수 있습니다. 그리고 서로 이야기하게 해 드릴 수도 있습니다."

왕은 매우 기뻐하며 얼른 왕비가 있는 곳으로 안내해 달라고 하였다. 도사는 왕과 함께 궁전을 빠져 나와 더러운 소 우리로 찾아갔다. 그곳에는 두 마리의 쇠똥구리가 소의 배설물을 옮기고 있었다.

"왕이여, 이 쇠똥구리 중의 한 마리가 바로 왕비입니다. 지금은 귀인의 모습을 버리고 소의 배설물을 먹는 쇠똥구리의 아내가 되어 있습니다."

왕이 경악하며 말했다.

"아니, 이런 일이 어떻게 일어날 수 있는가!"

도사는 조용히 쇠똥구리에게 말을 걸었다. 그러자 금방울을 울리는 것 같은 아름다운 왕비의 목소리가 들려왔다. 왕은 쇠똥구리가 된 왕비에게 물었다.

"그대는 생전의 내가 그리운가, 아니면 지금의 쇠똥구리 남편이 좋은가?"

"확실히 저는 전생에 당신에게 사랑 받아 행복하고 즐겁게 살았습니다. 그렇지만 지금의 제게 있어 전생의 일 따위가 무슨 도움이 되겠습니까. 지금은 소의 배설물을 먹는 쇠똥구리 남편이 더할 수 없이 사랑스럽습니다."

일평생 중에 가장 중요한 날은 언제일까요?
세상에 태어난 날? 소망을 이룬 날?
아닙니다. 바로 오늘이 가장 중요하고 소중한 날입니다.

## 당신이 부럽습니다

어렵게 집안을 꾸려 가던 가난한 가장이 있었다. 그에게는 아들 둘과 딸 하나가 있었는데 언제나 경제적 어려움 때문에 고민이 이만저만이 아니었다.

특히 두 아들은 아버지를 돕기 위해 손수레를 타고 언덕 비탈길을 오르내려야 했기 때문에 늘 신발이 빨리 떨어지곤 했다.

며칠 전 아이들은 신발이 다 닳았다고 새 운동화를 사 달라고 하였고, 또 아내는 세탁기가 고장나서 빨래를 할 수가 없다며 세탁기를 사야겠다고 말했다.

남자는 그 돈을 또 어떻게 구하나 고민을 하다가 결국 생활에 가장 필요한 세탁기를 먼저 장만하기로 하고 신문 광고란을 뒤져 중고품 세탁기를 파는 집을 찾아갔다.

찾아간 집은 아주 크고 훌륭한 저택이었다. 그는 초인종을 눌렀고 주인 부부는 친절히 그를 맞이했다. 아주 싼값에 세탁기를 구입한 그는 기분이 좋아져서 주인 부부와 이런저런 이야기를 나누기 시작했다.

그러다가 그는 무심코 자기 아이들 얘기를 꺼내게 되었다.

"두 녀석들은 말입니다. 신발이 다 떨어졌다고 새 운동화를 사달라고 난리인데, 이건 새 운동화를 장만할 돈이 부족하니…. 그래도 새 운동화를 사 주기는 사 줘야 할텐데, 걱정입니다."

그런데 그의 이야기가 끝나자 갑자기 부인 얼굴이 이상해지더니 방안으로 급히 뛰어들어가는 것이었다. 언뜻 보니 눈물을 흘리고 있는 것 같았다.

당황한 남자가 미안하다고 사과를 하자 주인은 이렇게 대답했다.

"아닙니다. 당신 잘못이 아니에요. 당신은 아이들 신발 때문에 걱정하셨지요? 우리에게는 어린 딸이 하나 있는데, 그아이는 태어난 후 아직 한 번도 걸음을 옮긴 적이 없지요. 몸이 아파서…. 만약 우리 아이가 신발을 신고 걸어다녀 한 켤레만이라도 닳아 못 신게 된다면, 우리에게는 이보다 더 큰 행복이 없을 겁니다. 그래서 아내가 눈물을 흘리는 것이니 이해해 주시기를…."

집으로 돌아오면서 가난한 가장은 자신이 얼마나 행복한 고민을 하고 있는지 깨달았다. 그리고 집에 돌아와, 아이들의 떨어진 운동화를 보았다. 고민 덩어리였던 그 신발들이 그렇게 사랑스럽게 보일 수가 없었다.

가난한 이유를 찾기 보다 먼저 부자인 이유를 찾아보세요.
부자인 이유를 찾다 보면 이미 부자인 당신을 발견하게 될 것입니다.

# 인간만사 새옹지마

어느 부족의 왕에게 아주 오래된 친구가 있었다. 그 친구는 좋든 나쁘든 무슨 일이 벌어지기만 하면 무조건 "그거 참 잘된 일이군!"이라고 말하는 버릇이 있었다.

어느 날, 왕과 친구는 사냥을 떠났다.

친구는 총에 총알을 장전하여 왕에게 내밀었다. 왕은 그 총을 받아 들다가 그만 실수로 방아쇠를 잡아당겨 자신의 엄지손가락이 잘리고 말았다.

그 모습을 곁에서 지켜보던 친구가 평소 습관대로 이렇게 말하고 말았다.

"그거 참 잘된 일일세!"

그 말에 화가 난 왕은 친구를 감옥에 가두었다.

1년 후, 왕은 사냥을 즐기다가 그만 식인종들이 들끓는 지역으로 들어가게 되었다. 결국 왕은 식인종들에게 잡히는 신세가 되고 말았다. 식인종들은 왕의 손발을 묶어 장작더미에 올려놓고 불을 붙이려고 하다가 왕의 엄지손가락이 없다는 것을 알게 되었다.

몸이 온전치 않은 인간은 절대 먹지 않는다는 불문율을 가지고 있었던 그들은 왕을 풀어 주었다.

무사히 집으로 돌아온 왕은 자신의 엄지손가락을 잘리게 만든 그 친구 덕분에 목숨을 건졌다고 생각하고는 감옥으로 달려가 친구에게 말했다.

"그대 말이 맞았어. 내 엄지손가락이 없어진 것이 아주 잘된 일이었어."

그러면서 왕은 그간 벌어진 일에 대해서 들려주면서 자신의 생명을 구해 준 친구를 감옥에 1년 동안 가두어 둔 것에 대해 사과했다.

그러나 친구는 이렇게 대답했다.

"그거 참 잘된 일일세!"

"아니 또 그 소리인가? 억울하게 옥살이를 하였는데 화가 나지도 않는다는 말인가?"

그러자 친구는 혼자서 껄껄 웃으며 이렇게 말했다.

"잘 된 일이고 말고. 생각해 보게나. 만약 내가 감옥에 가지 않았다면 자네가 식인종들에게 잡히는 그 순간에도 나는 자네 곁에 있었을 것이 아닌가?"

"그랬겠지."

"내게는 잘린 손가락이 없으니, 내가 감옥에 있었던 게 얼마나 다행한 일인가?"

작은 불행에 낙담하고 슬퍼하지 마십시오.
중요한 것은 불행 자체가 아니라그 불행에 처했을 때의 마음가짐입니다.

## 세 천사

생전에 나쁜 일을 많이 하다가 죽어서 지옥에 떨어진 죄인에게 염라대왕이 물었다.

"너는 어찌 그리 탐욕스럽고 이기적인 생을 살아왔느냐? 너는 인간 세상에 있을 때 내가 보낸 세 명의 천사를 만나지 못하였더냐?"

죄인이 답답하다는 듯 가슴을 치며 말했다.

"저는 그런 분들은 보지도 못했습니다. 제가 만약 그런 훌륭한 분들을 만났다면 왜 살아 있을 때 뉘우치고 회개하지 못했겠습니까?"

"그렇다면 너는 주름이 많고 허리가 구부러지고 기운이 없는 노인을 만난 적이 없단 말이냐?"

"그런 노인이라면 보았습니다."

"그 사람이 바로 내가 보낸 천사였다. 너는 그 천사를 만나고서도 '나도 언젠가는 저렇게 늙을 것이니 서둘러 선행을 쌓아야겠구나' 하는 생각을 하지 않았다. 그리고 너는 혼자서 일어서지도 걷지도 못한 채 누워서 앓고 있는 병자도 보지 못하였단 말이냐?"

"그런 병자라면 보았습니다."

"그도 천사였다. 너는 그 천사를 만나고서도 언젠가는 너 자신도 병들어 죽게 된다는 것을 생각하지 못했다. 마지막으로 너는 호흡이 끊어진 채 무덤 속으로 들어가는 사람도 보지 못하였단 말이냐?"

"죽은 사람이라면 무수히 보았습니다."

"그도 내가 보낸 천사였다. 너는 죽음을 경고하는 천사를 만났으면서도 스스로를 돌아보고 반성하지 않았다. 그런데도 천사를 만나지 못했다고?"

당신에게도 인생의 깨달음을 주려고
안간힘을 쓰고 있는
천사들이 도처에 깔려 있습니다.

# 더하기와 빼기

　부유한 가정에서 태어나 귀하게만 자라 온 한 젊은이가 아버지의 사업실패로 어려움을 겪게 되자 좌절 속에서 지내고 있었다.

　그러던 어느 겨울, 거리를 걷다가 지쳐 쓰러진 그를 지나가던 늙은 노인이 구해 주었다. 젊은이는 노인의 부축을 받고 포장마차에서 추위와 허기를 달랜 후 노인과 함께 밖으로 나왔다.

　노인은 멀리 보이는 교회의 십자가 불빛을 가리키며 젊은이에게 물었다.

　"저게 뭔지 아는가?"

　젊은이는 당연하다는 듯 말했다.

　"십자가 아닙니까?"

　"그렇지. 하지만 또 다른 것으로 보이지는 않나?"

　젊은이는 십자가를 한참이나 바라보았지만 도무지 알 수가 없었다. 젊은이가 대답을 하지 못하고 조용히 있자 노인이 다시 입을 열었다.

　"학교에서 배운 '더하기' 표시로는 안 보이는가?"

그러자 젊은이가 무릎을 치며 말했다.

"아, 그렇군요. 맞습니다. 더하기."

노인은 계속해서 말했다.

"보아하니, 자네는 아마도 그 동안 인생을 살면서 뺄셈만 한 것 같군. 그래서는 될 일도 안 되지. 이제부터는 열심히 일하면서 덧셈하는 훈련을 해보게나. 그러면 자네의 인생은 크게 바뀔 걸세."

모든 것을 잃었다는 생각이 들 때,
종이 위에 아직 잃지 않은 것들을 적어 보세요.
내일, 두 다리, 두 손, 사랑하는 가족….
정말로 중요한 많은 것들이 아직 그대로 있음을 알게 될 것입니다.

### 사랑이란

마음씨는 아주 착하지만 어딘지 모르게 약간 모자란 듯한 부인을 둔 사람이 있었다.

돈도 많고 사회적으로도 명성이 높은 집안이었지만 마음씨 하나만을 보고 며느리를 골랐기 때문에 그런 점은 크게 신경 쓰지 않았다.

시간이 흘러 부모님이 돌아가신 후의 일이었다. 그 날은 아버지 제사가 있는 날이었는데 부인이 제사를 준비하면서 제사상 위의 음식을 슬금슬금 집어먹고 있었다. 모여 있던 친척 어른들이 이 광경을 보고는 너무도 한심하고 기가 막혀 한마디씩 주고받았다.

"내가 처음부터 이 집안의 며느리로는 너무 떨어진다고 생각했어."

"아니 어떻게 저럴 수가 있는 거야?"

"아이고, 저런 버르장머리를…."

"보기에 좋지 않으니 네 부인을 좀 말리던가 아니면 좀 꾸짖도록 해라."

친척 어른들의 편잔이 이어지자 조용히 앉아 있던 남편이 어른들에게 다가가더니 이렇게 말했다.

"그냥 두십시오. 선친께서는 저 모자라는 며느리를 무척 아끼고 사랑하셨습니다. 그런데 당신의 상에 오른 것을 사랑하는 며느리가 조금 집어먹었다고 제가 만약 제 안사람을 책망하면, 아버님의 마음이 기쁘시겠습니까?"

아무리 형식이 중요하다 하더라도 그 마음에 비교할 수 있겠습니까?
특히 사랑하는 사람들 사이에서는
서로 감싸주고 이해하는 마음이 가장 중요합니다.

## 도인도 속인처럼 몸을 아끼는가

한 성주가 수도자에게 물었다.

"수도자들도 우리 속인처럼 자기 몸을 아낍니까?"

"그렇지 않습니다."

"그렇지만 당신들도 우리와 같이 밥을 먹고 옷을 입지 않습니까? 그게 다 몸을 아끼는 이치가 아닌지요? 아끼지 않는다면 그런 일이 필요 없을 테니까 말입니다."

수도자는 빙그레 미소를 보이더니 이렇게 말했다.

"당신은 그 동안 여러 번 전쟁에 나가서 부상을 당하신 일이 있지요?"

"그렇습니다."

"그런 경우 당신은 그 상처에 약을 바르거나 붕대를 감는 등 여러 가지로 치료하시지 않습니까?"

"그렇습니다. 그야 당연한 일 아닙니까?"

"그러면 당신이 소중히 보호하고 세심하게 주의를 기울인 것은 그 상처가 귀엽고 사랑스럽기 때문인가요?"

"아니지요, 상처가 사랑스러워서가 아니라 상처를 아물게 하기 위해서입니다."

"우리네 수도자가 몸을 보호하는 것도 그와 같아서 몸이 사랑스러워서가 아니라 인생의 진리를 깨닫기 위해서입니다."

자기 자신만을 위해 일하는 사람과,
남을 도울 수 있는 힘을 얻기 위해 일하는 사람이 있습니다.
열심히 일하는 것은 같지만 그 결과는 다르기 마련입니다.

한 줄기 샘이
굳은 땅의 틈을 헤치고 솟아 나오듯이
참고 견디는 힘이 없이는
아무 일도 할 수 없습니다.

# 희망의 향기

## 4부

네 스스로 대나무가 되기 전에는
아무리 열심히 그려도
그것은 온전한 그림이 될 수 없다.
너도 그 대나무를
내면에서부터 느끼고 있어야 한다.

## 자전거 조립

아들에게 새 자전거를 사주기로 약속한 아버지는 자전거 회사에 새 자전거를 신청하고 자전거가 배달되어 오기를 기다리고 있었다. 그러나 막상 자전거가 도착하자 아버지는 난감했다.

배달된 자전거는 완제품이 아니라 직접 조립해야 하는 조립용 자전거였다. 아버지는 상자를 열고 모든 부속품을, 너트 하나와 볼트 하나까지 바닥에 펼쳐 놓았다. 그리고 설명서를 몇 번이나 읽고 또 읽어보았다. 하지만 그 부속품들을 어떻게 연결해야 할지 전혀 머릿속에 그림이 그려지지 않았다.

아버지는 손 기술이 좋기로 소문난 이웃집 노인에게 도움을 청하기로 결심했다.

이웃집 노인은 설명서도 보지 않고 바닥에 펼쳐진 부속품들을 하나씩 주워 들고는 한참 동안 세밀하게 관찰하면서 자전거를 조립하기 시작했다. 얼마나 지났을까? 드디어 노인은 제대로 된 자전거를 완성시켰다.

노인의 실력에 놀란 아버지가 노인에게 말했다.

"정말 대단한 실력이십니다! 어떻게 설명서도 읽어보지 않고 이렇게 제대로 맞출 수 있지요?"

그러자 이웃집 노인은 수줍게 웃으며 대답했다.

"사실 나는 글을 읽을 줄 모릅니다. 글을 읽지 못하는 사람은 대신 깊이 생각하는 법을 배워야 하죠."

글을 읽지 못하는 노인이 우리보다
위대한 것을 알고 있습니다.
바로 깊이 생각하는 것이 그것입니다.
그리고 그것이 연륜입니다.

# 감사

좋을 때나 어려울 때나 늘 신에게 감사하는 일을 잊지 않는 현자가 있었다.

거센 폭풍에 나무가 뿌리째 뽑혀 나가고 비까지 억수로 퍼붓던 날, 제자들은 이런 끔찍한 날씨에 스승이 생각해 낼 수 있는 감사의 말은 또 무엇일지 무척 궁금했다.

현자는 제자들의 마음을 알겠다는 듯 제자들을 둘러보다가 이렇게 말했다.

"오, 신이시여. 오늘 이곳은 참으로 우울하고 불쾌한 날입니다. 그러나 얼마나 감사한지요. 이렇듯 끔찍한 날씨가 날마다 계속되지 않으니…."

아무리 어려운 고난 속이라 하더라도
작은 기쁨의 씨앗을 찾을 수 있습니다.
그리고 그 작은 씨앗을 키워 내서
온전한 행복으로 만드는 일은 우리 스스로의 몫입니다.

## 친구, 눈을 뜨게나

한 청년이 그 마을에서 학식과 덕망이 높기로 소문난 현자를 찾아와 이렇게 말했다.

"선생님, 지혜와 덕으로 제 어려움을 해결해 주십시오. 제게는 오랫동안 사귀어 온 절친한 친구가 한 사람 있습니다. 같은 마을에서 태어나 어린 시절부터 함께 동고동락하던 친구였죠. 그런데 그 친구가 장사로 큰돈을 벌자 사람이 달라지고 말았습니다. 이제는 길에서 만나도 아는 척도 하지 않습니다. 어떻게 그런 일이 있을 수 있습니까?"

현자는 한참 동안 눈을 감고 있더니 나지막하게 말을 꺼냈다.

"이쪽으로 와서 창밖을 내다보게나. 무엇이 보이는가?"

"산이 보입니다. 집들과 빨래하는 아낙들과, 논길을 걸어가는 노인도 보입니다."

"이번에는 거울을 보게나. 무엇이 보이는가?"

"저밖에는 아무 것도 보이지 않습니다."

청년의 대답에 현자는 고개를 끄덕이더니 이렇게 말했다.

"그런 걸세. 인간은 돈을 갖고 있지 않을 때에는 자네가 창문에서 본 것처럼 무엇이든 볼 수 있지. 그러나 재물이 조금 생기면 유리 뒤에 종이를 발라 놓은 것처럼 자기 자신밖에는 아무 것도 보지 못하게 되고 만다네."

작은 욕심이 우리를 망가지게 합니다.
작은 욕심은 자꾸 항아리를 가득 채우고 싶어합니다.
우리를 더욱 성숙케 하는 욕심을 우리는 희망이라고 합니다.

## 칭찬이 두렵소이다

현자로 유명한 한 랍비가 어느 마을로부터 초대를 받게 되었다. 그러나 단순한 강의를 부탁하는 줄로만 알았던 초대는 다름이 아니라 그 마을의 지도자가 되어 달라는 부탁이었다. 랍비에게는 큰 고민이 아닐 수 없었다.

마침내 그 마을에 도착한 랍비는 사람들도 만나지 않고 그대로 자신이 묵을 방에 들어가 꼼짝도 하지 않았다. 마을 사람들은 모두 그의 모습을 보려고 몰려들었지만 그가 꼼짝도 하지 않고 방에만 틀어박혀 있자 사람들은 술렁거리기 시작했다. 기다림에 지친 그 마을의 대표는 직접 랍비를 찾아갔다.

"저, 환영식 절차에 대해 상의할 일이 있어서 왔습니다."

그러나 랍비는 그의 말을 듣는지 마는지 대꾸도 하지 않고 혼자서 방안을 이리저리 오가며 무어라고 연신 중얼거리는 것이었다.

"랍비여, 당신은 훌륭하다!"

"랍비여, 당신은 천재다!"

"당신은 우리의 위대한 지도자다!"

마을 대표는 그의 행동이 너무 이상하여 그의 팔을 잡으며
물었다.

"어째서 이러고 계십니까? 무슨 문제라도?"

그러자 랍비가 말했다.

"나는 나의 약점에 대해 잘 알고 있습니다. 나는 아무리 그
말이 빈말이라도 나를 추켜세우는 말에는 아주 약합니다. 그
런데 오늘밤은 모두가 최대의 찬사로 나를 추켜세울 것이 아
닙니까? 그래서 그런 칭찬에 판단력이 흐려지지 않도록 스스
로를 단련하고 있는 겁니다."

검손한 사람처럼 높은 사람은 없습니다.
당신을 돌아보십시오.
아주 작은 자랑거리에도
어깨에 힘을 주지는 않았는지 말입니다.

# 물거품으로 만든 장신구

열 명이 넘는 왕자를 둔 왕이 뒤늦게 공주를 얻게 되었다. 늦둥이 공주를 얻은 왕은 공주를 무척 총애하여 한시도 떨어지지 않고 곁에 있게 하고 공주가 갖고 싶다는 것은 무엇이든지 구해 주었다.

그러던 어느 날, 큰비가 내려 빗물이 땅에 고이고 그 위에 빗방울이 떨어지자 여러 모양의 물거품이 생겨났다. 물거품은 궁전의 불빛을 받아 마치 휘황찬란한 보석처럼 보였다. 그 모습을 정신없이 바라보던 공주가 국왕에게 말했다.

"아버님, 저 물거품으로 장신구를 만들어 머리에 달면 정말 예쁘겠어요."

"애야, 물거품으로는 장신구를 만들 수 없단다."

"몰라요! 만들어 주시지 않으면, 죽어 버리고 말겠어요."

국왕은 황급히 유명한 장인들을 불러 모았다.

"너희들은 솜씨가 매우 훌륭해서 만들지 못하는 것이 없다고 들었다. 이 물거품으로 장신구를 만들도록 하라. 만일 만들어 내지 못하면 죽음을 면치 못할 것이다!"

장인들은 어처구니가 없었다.

'아니, 어떻게 물거품으로 장신구를 만든단 말이야?'

그런데 한 늙은 장인이 나서서 충분히 만들 수 있노라며 공주에게 이렇게 말했다.

"공주님, 저는 하잘 것 없는 사람이라 아름다운 물거품을 분간해 낼 수 없으니, 먼저 공주님께서 아름다운 물거품을 직접 골라 가지고 오시면 장신구를 만들어 드리겠습니다."

공주는 신이 나서 비가 오는 밖으로 나갔지만 물거품은 손을 대기만 하면 이내 사라져 버려 도저히 잡을 수가 없었다. 지친 공주는 모든 걸 포기하고 국왕에게 말했다.

"전 물거품으로 만든 장신구는 필요 없어요. 물거품은 실제로 존재하는 것도 아니고 오랫동안 있는 것도 아니니까요. 그러나 아버님께서 저를 아끼시는 마음을 주신다면 장신구처럼 제 마음속에 늘 간직하고 있겠어요.

웅덩이에 떨어지며 반짝이는 물거품도
있는 그 자리에 온전히 있을 때에 빛이 나는 법입니다.

## 굿바이 키스

바닷가 근처의 작은 카페에서 한 사내가 옆에 앉아 있는 사람들에게 조용히 이야기를 들려주고 있었다.

"나는 바닷가에서 성장했지요. 아버지는 어부였고, 무척이나 바다를 사랑하시던 분이었습니다. 아버지는 가족을 먹여 살리기 위해 항상 힘겹게 일하셔야만 했지요. 밤새도록 고기를 잡고도 겨우 입에 풀칠이나 할 정도였으니까요. 하지만 아버지, 어머니, 그리고 형제 자매가 들끓던 우리 집은 행복했습니다."

사내는 잠시 추억에 잠기는 듯 말을 끊었다가 다시 이야기를 시작했다.

"아버지는 정말 체격이 당당하셨죠. 대부분의 뱃사람들처럼 힘도 장사였습니다. 가까이 다가가면 아버지의 몸에서는 바다 냄새가 났습니다. 날씨가 나빠서 바다에 나가지 못할 때, 아버지는 바다에 나가시는 대신 나를 학교까지 태워다 주곤 하셨습니다. 배에서 내린 생선을 실어 나르던 낡은 트럭으로 말이지요. 저는 그게 창피했지만 그럼에도 불구하고 아버지는 항상 학교 정문 앞에서 멈추었지요."

사내의 눈에 이슬이 맺히는 것 같았다.

"모든 사람들이 우리의 고물 트럭을 쳐다보는 것만 같았습니다. 아버지는 몸을 밖으로 내밀면서 내 뺨에 키스를 하고는 '오늘도 착한 아이가 되어 다오.' 하시는 것이었습니다. 얼마나 창피했는지 모릅니다. 12살이나 먹은 아들에게 굿바이 키스를 하는 아버지가 어디 있습니까? 저는 더 이상 아버지의 굿바이 키스를 받지 않겠다고 결심했습니다.

그 날도 고물 트럭은 학교 정문 앞에 멈추었고, 아버지는 평소와 다름없이 몸을 창 밖으로 내밀고 내 뺨에 키스할 자세를 취하셨습니다. 나는 그때 손으로 아버지의 얼굴을 막으면서 말했습니다. '아버지, 이젠 그만하세요.' 아버지의 얼굴은 충격으로 굳어졌습니다. 나는 다시 이렇게 말했습니다. '저는 이제 굿바이 키스를 받을 만큼 어리지 않아요.' 한참 동안 나를 쳐다보시던 아버지의 눈에는 드디어 눈물이 고이기 시작했습니다."

이야기를 듣고 있던 사람들도 한 숨을 몰아쉬었다.

"나는 그전에 한 번도 아버지의 눈물을 본 적이 없었지요.

아버지는 시선을 돌려 먼 곳만 바라보시더니 이렇게 말씀하시더군요. '그래, 네 말이 맞다. 넌 이미 청년이야. 더 이상 너에게 키스를 하지 않으마.'

그리고 며칠 지나지 않아 아버지는 바다로 나가셨고, 그리고 영영 돌아오시지 않았습니다. 이제 저는 아버지의 굿바이 키스가 너무 그립습니다."

우리들 대부분은 소중한 사람에게
'당신은 나에게 매우 소중한 존재입니다'라고 말해주는 것에 소홀합니다.
지금 그들에게 말하세요. 얼마나 그들을
사랑하는지, 그들이 얼마나 소중한 사람인지를 말입니다.

# 황제의 아들

황제의 아들이 아버지로부터 미움을 사게 되어 궁전에서 쫓겨나게 되었다. 그는 황제의 유일한 아들이었지만 그런 이유도 황제의 화를 풀지 못했다.

막상 궁전에서 쫓겨나자 황제의 아들은 앞이 캄캄했다. 궁전에서 편하게만 자라 온 그였기에 자신의 몸 하나도 추스릴 수 없었다.

그가 할 수 있는 것은 단 한 가지, 취미로 익힌 악기 연주뿐이었다. 그래서 그는 악기를 연주하며 구걸을 다니기 시작했다. 구걸하며 지내는 10년 세월 동안 그는 자신이 황제의 아들이었다는 사실조차 잊게 되었다. 그걸 기억한다는 자체가 너무나 큰 고통이었기 때문인지도 몰랐다.

그러던 어느 날, 황제는 아들을 다시 생각하기 시작했다.

점점 나이를 먹고 늙어 갔으며 결국 상속자가 필요하게 되었기 때문이다. 아들을 찾아오라는 황제의 명령이 떨어지자 신하들이 흩어져 황제의 아들을 찾아 나섰다. 그리고 며칠 뒤에 한 신하가 구걸을 하고 있는 황제의 아들을 만날 수 있었다.

그의 행색은 비록 초라하기 이를 데 없었지만 그의 걸음걸이는 위엄이 있었으며 지저분함 속에도 아름다움이 있었다. 구걸을 하면서도 그의 태도는 당당함을 잃지 않고 있었다. 자신이 황제의 아들이라는 사실을 모두 잊고 있었지만, 그의 무의식 속에 감추어져 있던 위대한 황제의 아들이라는 자부심은 사라지지 않고 있었던 것이다.

황제의 아들을 발견한 신하는 마차에서 내려 그의 앞에 엎드렸다. 갑작스런 일에 황제의 아들은 깜짝 놀라서 말했다.

"아니, 무슨 일이십니까?"

"황제께서 당신을 부르고 계십니다. 그분은 이제 당신을 용서하셨습니다."

순간 그는 깨달았다. 10년 동안 잊고 지내던 기억들이 순식간에 밀려들기 시작했다. 변한 것은 하나도 없었지만 그의 얼굴에 환한 빛이 떠오르기 시작했다.

그가 신하에게 말했다.

"시장으로 가서 나의 신발과 옷을 가지고 오라. 나는 황제의 아들이다."

우리 모두는 신의 아들입니다. 다만 그것을 잊고 지낼 뿐입니다.
나 자신이 얼마나 존귀한 존재인지 깨닫는 순간,
우리는 모두 황제의 아들이 되는 것입니다.

## 남보다는 나를 탓하라

　한 중년 화가가 전람회의 심사에 불만을 품고 스승을 찾아가 이렇게 말했다.

　"얼마 전에 열린 전람회에 제 작품을 출품했습니다. 이번에는 정말 열심히 그렸기 때문에 꼭 입상하리라고 생각했지요. 그런데 낙선하고 말았습니다. 이럴 수가 있습니까? 아마도 심사위원들이 그림이라고는 전혀 모르는 사람들이거나 아니면 그림을 그려보지도 않은 사람들일 게 분명해요. 그렇지 않고서는 제 작품이 떨어질 이유가 없습니다."

　"그것 참 안됐군."

　그의 이야기를 들은 스승이 이렇게 말했다.

　"그런데 말이야, 만약 평생 그림이라고는 한 장도 그려보지 못한 사람이 심사위원이었다고 하더라도 나는 그것을 별로 이상하게 생각하지 않는다네. 본래 세상이라는 것은 정상적으로만 돌아가는 것이 아니거든. 물론 심사가 반드시 잘못된 것도 아니라네. 나는 이 나이가 되도록 한번도 달걀을 낳아 보지 못했지만 어떤 달걀이 싱싱한 것인지 아닌지를 가려낼 줄은 알고 있으니 말이야."

그리고 스승은 이렇게 덧붙여 말했다.

"어떤 심사위원이 보더라도 뽑힐 만한 그런 그림을 그리도록 노력해 보는 것이 어떻겠는가?"

'주머니 속의 송곳'이라는 말이 있습니다.
아무리 감추려고 노력해도 밖으로 삐죽하게
모습을 나타내고 만다는 뜻입니다.
성공하고 싶다면 당신을 그렇게 연마하십시오.

# 바보와 명궁

활쏘기를 아주 좋아하는 왕이 있었다.

어느 날 왕이 작은 마을을 지나 가다가 동그라미가 그려져 있는 과녁 한 가운데에 화살이 정확하게 명중되어 있는 것을 보았다. 왕은 이렇게 조그마한 마을에 이처럼 위대한 명궁이 살고 있음에 감탄하였다.

왕은 말을 멈추고 사람들에게 활을 잘 쏘는 자가 누구냐고 물어보았다. 그러자 사람들은 크게 웃으며 대답했다.

"그는 명궁이 아니라 바보입니다."

"바보라고? 저렇게 과녁을 명중시켰는데도?"

"그 친구가 활을 쏘는 방법을 알려 드릴까요? 먼저 활을 쏘아 놓고 나중에 동그라미를 그린답니다. 그러니까 백발백중이죠."

인생의 성공과 실패는 점수로 환산되는 것이 아닙니다.
활쓰기와 마찬가지로 어떤 목표를 향해 나아가느냐가 중요하기 때문입니다.

어느 가난한 농촌 마을에 단 한 분의 의사선생님이 있었다.

마을의 젊은이와 아이들은 대부분 그 의사의 손을 거쳐서 세상에 나왔을 정도로 그는 오랫동안 마을 사람들의 건강을 돌봐왔다.

그의 진료소에는 환자가 없어도 항상 불이 환하게 켜있었다. 언제 누가 아플지 모르기 때문에 항상 준비를 하고 있었기 때문이다. 그는 아무리 먼 곳이라도, 또 아무리 험한 곳이라도 환자가 있으면 즉시 달려가곤 했기 때문에 마을 사람들은 그를 믿고 존경했다.

그가 70회 생일을 맞았을 때였다. 그에게는 생일을 축하해 줄 아내도 아이도 없었기 때문에 마을 사람들이 강당에 몰래 생일잔치를 마련했다.

그는 영문도 모른 채 강당에 들렀다가 그만 깜짝 놀라고 말았다. 마을 사람들이 모두 모여 강당이 떠나갈 듯 큰 소리로 생일 축가를 불러 주었기 때문이었다.

그때 누군가 그에게도 자식이 있어서 이 자리에 함께 있었더라면 더 좋았을 것이라고 말했다.

그런데 그 말이 끝나자마자 꼬마 한 명이 자리에서 벌떡 일
어나 말했다.

"박사님, 제가 박사님의 아들이지요?"

그러자 그 옆에 앉아 있던 여인이 일어나 말했다.

"제가 박사님의 딸입니다!"

그리고 마침내 강당 안의 모든 사람들이 그의 자식임을 자
처하며 일어서기 시작했다. 그의 눈에 촉촉한 이슬이 맺혔다.

가족은 반드시 피를 나누어야만
이루어지는 것은 아닙니다.
사랑하는 마음을 나누었다면
그들은 이미 가족입니다.

## 가장 좋은 시절

어느 TV 프로그램에서 방청객에게 이런 질문을 했다.

"인생을 즐길 수 있는 가장 좋은 나이는 언제일까요?"

한 어린이가 대답했다.

"가장 좋은 나이는 여덟 살 전이에요. 그 때는 학교에 가지 않아도 되니까요. 하루 종일 마음껏 놀 수 있잖아요."

그러자 이번에는 한 청년이 말했다.

"18세가 아닐까요? 고등학교도 졸업하고 운전면허를 따서 자동차를 몰고 다닐 수도 있으니까요."

그 다음에는 40대 아저씨가 말했다.

"20대가 제일 좋은 나이죠. 혈기 왕성한 시절이니까요."

또 다른 한 남자는 예순 다섯 살이라고 말하며 직장에서 은퇴한 다음 느긋하게 인생을 바라보며 쉴 수 있기 때문이라고 말했다.

맨 마지막에 가장 나이가 많은 할머니 한 분이 환한 미소를 지으며 이렇게 말했다.

"모든 나이가 다 좋은 나이지요. 여러분은 지금 자기 나이가 주는 즐거움을 마음껏 즐기세요."

아무도 자기가 숨쉬고 있는 지금 현재를 말하지 않았습니다.
그러나 지금 현재를 제외하고 다른 시간을 살아가는
사람은 하나도 없다는 것을 알아야 합니다.

## 노인과 개미

두 노인이 식당에 앉아 한가하게 이야기를 주고받고 있었다. 한 노인은 아직 건강한 몸을 지니고 있었지만 그 앞에 앉아있는 노인은 휠체어에 몸을 의지하고 있었다.

"그래도 당신은 몸이 자유로우니 좋겠어요. 나는 건강이 좋지 않아 몸을 움직이는 건 고사하고 이제 눈도 잘 보이지 않거든요."

바로 그때 식당 바닥을 기어가는 개미를 발견한 노인이 말을 멈추고 개미를 바라보다가 이렇게 말했다.

"저기, 개미 한 마리가 기어가고 있군요. 그런데 식당 바닥이 너무 미끄러워 잘 움직이지 못하고 있어요. 제 몸이 불편하니, 나 대신 저 개미를 좀 도와주지 않겠습니까?"

몸이 불편한 노인의 부탁을 받은 건강한 노인이 미소를 지으며 자리에서 일어나 조심스럽게 개미를 집어 올려 햇살 가득한 식당 앞마당 풀밭 위로 옮겨 주었다.

그리고는 식탁으로 돌아와 유쾌하게 웃으면서 휠체어에 앉아있는 노인에게 말했다.

"말씀대로 했습니다. 그런데 당신의 눈은 이미 노안이 되었지만 마음의 눈은 제 눈보다 훨씬 밝군요. 살아 있는 작은 생명체를 눈여겨보는 것이야말로 진정한 사랑의 정신이지요."

눈에 보이는 모습은 누구나가 같습니다.
그러나 사랑하는 마음으로 세상을 바라볼 때만
새로운 것을 깨달을 수 있습니다.

## 큰 나무, 작은 나무

한 나그네가 현자를 찾아가 말했다.

"나는 신에게 불만이 많습니다."

"무슨 까닭에 그러십니까?"

"신은 공평하지 않기 때문입니다."

"왜 그렇게 생각하시죠?"

"보십시오. 당신은 이렇게 현명한데 나는 왜 이렇게 어리석고 초라한 것입니까? 똑같은 사람인데도 불구하고 만인의 존경을 받는 당신과 달리 나는 왜 이렇게 형편없냐 이 말입니다."

얘기를 다 듣고 난 현자는 조용히 고개를 끄덕이더니 이렇게 말했다.

"저와 잠시 정원을 둘러보시겠습니까?"

현자는 나그네를 이끌고 집 앞 정원으로 나갔다. 마침 그 정원에는 두 그루의 나무가 서 있었는데 한 그루는 키도 크고 나뭇잎도 많았지만 다른 한 그루는 키가 작고 잎의 수도 형편없이 적었다. 현자가 말했다.

"보십시오. 이 나무는 작고 저 나무는 키가 월등히 크지요.

그렇지만 잘 보십시오. 두 나무 사이에 어떤 문제가 있어 보이나요? 큰 나무는 작은 나무에게 자신이 위대하다고 뽐내지도 않으며, 작은 나무 역시 자기 키가 작다고 열등감을 느끼거나 불평을 하지 않고 그저 땅에 뿌리를 충실하게 내리고 있을 뿐이랍니다."

'나는 왜 이럴까?'
하면서 스스로를 자책하지 마십시오.
그런 모습 그대로의 자신을
사랑하고 아껴 주십시오.
자신의 어깨를 토닥이면서
스스로를 격려해 주십시오.

## 사소한 것

늙은 부인이 혼자 살고 있는 외딴 집이 있었다. 찾는 이도 별로 없는 집이었지만 매주 토요일이면 어김없이 청소부가 나타나 그 집 앞을 깨끗하게 청소하곤 했다.

그리고 청소부가 나타나 청소를 하기 시작하면 늙은 부인은 언제나 레몬 주스 한 잔과 과자 한 접시를 들고 나가 청소부를 대접하곤 했다.

그러던 어느 날 저녁, 그녀의 집 초인종이 울렸다. 평소 손님이 찾지 않았기에 울리지도 않던 초인종이었다. 늙은 부인은 의아해 하며 문을 열었다.

문 앞에는 매주 토요일이면 청소를 하던 청소부가 와 있었다. 청소부의 한 손에는 한 다발의 꽃이, 다른 한 손에는 작은 초콜릿 상자가 들려 있었다.

청소부는 약간 어색해 하며 말문을 열었다.

"받으세요, 부인 이제까지 친절하게 대해 주셔서 참으로 고맙습니다. 제가 내일부터 다른 곳으로 가게 되어 인사를 드리려고 찾아왔습니다."

"정말이지 이러실 필요가 없는데요. 그까짓 주스 한 잔이

172

뭐라고…."

그러자 청소부가 말했다.

"물론 그럴 수도 있지요. 하지만 작은 친절일수록 더욱 베풀기 어려운 법이지요."

남을 도와주고 싶다는 마음은 누구나 가지고 있습니다.
큰 것을 생각하지 말고 다른 사람이 나에게 이렇게
해주었으면 하고 생각하는 일을 다른 사람에게 해주십시오.

## 칭찬이 보약

오리 요리가 너무나 맛있다고 소문난 오리 농장이 있었다. 그 집의 요리사는 언제나 최선을 다하여 정성껏 오리를 요리해서 손님들에게 대접했다.

그러던 어느 날, 농장 안에 큰 잔치가 벌어져 많은 손님들이 북적였다. 그런데 연회석상에서 농장 주인이 사람들 앞에서 오리 요리에 대해 자랑을 늘어놓기 시작했다.

"저희는 언제나 최고의 오리만을 기르고 있습니다. 게다가 오리 사육을 잘 해서 고기가 맛있는 것입니다."

그 말을 들은 주방장은 서운한 마음이 들었다. "오리도 좋지만 특히 우리 주방장의 요리 솜씨가 좋아 이렇게 멋진 오리 요리를 대접할 수 있는 거랍니다."라고 주인이 말했다면 얼마나 좋을까 하고 생각했기 때문이다.

그러나 농장주인의 말에는 그런 칭찬의 소리가 섞여 있지 않았다. 화가 난 주방장은 그 다음날 연회에 내놓을 오리 요리에 사용할 오리 다리 하나를 전부 잘라 내었다.

'흥, 어디 이번에는 뭐라고 말하는지 보자.'

손님들 사이에서 한참 오리고기 자랑을 늘어놓던 농장주인은 오리 요리에 다리가 하나 밖에 없다는 말에 얼굴이 하얗게 변하고 말았다.

연회가 끝난 뒤 농장 주인은 주방장을 불러 소리쳤다.

"오리 다리를 어디에 빼돌렸지?"

그러자 주방장은 태연스레 말했다.

"아니, 무슨 말씀을? 원래 오리 다리는 하나잖아요?"

"뭐야? 날 놀리는 거야?"

"이리 와서 직접 확인해 보세요."

그곳에는 오리들이 모두 한 발을 든 채 한 발로 서서 깊이 잠들어 있었다.

"저걸 보세요. 발이 하나밖에 없잖아요?"

주방장의 말에 주인은 더욱 크게 소리를 질렀다.

"이놈아! 그건 오리가 잠들어 있으니까 그렇지!"

농장주인은 손뼉을 틱틱 쳐서 오리늘을 모두 깨웠다. 그러자 오리들은 그때서야 품안에 넣어 두었던 발 하나를 바닥으로 내려놓았다.

"저걸 봐라. 네 눈에도 보이니?"

그러자 주방장이 고개를 끄덕이며 말했다.

"바로 그것입니다. 주인님이 손뼉을 치니까, 오리들이 숨겨 두었던 다리 하나를 내놓잖아요! 요리를 잘 한다고 저에게도 손뼉을 쳐주신다면 저도 신이 나서 더욱 열심히 일할 게 아닙니까?"

과도한 칭찬 때문에 망가지는 사람은 드물지만
작은 질책 때문에 망가지는 사람은 아주 많습니다.
칭찬은 바로 부작용 없는 만병통치약이라고 할 수 있습니다.

빵과 이스트

　어느 학교 기숙사에 항상 말썽만 부리는 학생이 있었다. 그 학생은 참을성도 없었고, 걸핏하면 친구들과 싸우려고 들었다. 청소도 하지 않을 뿐만 아니라 오히려 남이 하는 일을 방해하고 비아냥거리기 일쑤였다. 입을 열면 매번 비난과 불평뿐이었다.

　결국 그 학생은 다른 친구들의 따돌림을 받게 되었고 학교와 기숙사 생활에 적응하지 못하고 짐을 꾸려 집으로 돌아가고 말았다.

　그런데 그 학생이 떠났다는 소식을 들은 교장 선생님은 당장 그 학생의 뒤를 따라가 다시 학교로 돌아오라고 그를 설득하였다. 그러나 한번 마음이 떠난 학생은 교장 선생님의 말을 들으려고 하지 않았다. 그러자 교장 선생님은 그 학생에게 제의를 하였다.

　"만약 네가 돌아온다면 장학금을 지급하고 또 매달 쓸 수 있는 용돈도 주겠다."

　정말 파격적인 제안이 아닐 수 없었다.

　마침내 그 학생은 다시 학교로 돌아오게 되었다.

그러나 이제는 다른 학생들이 문제였다. 공부는커녕 행실도 바르지 못한 학생에게 장학금과 용돈까지 지불한다니 어이가 없었기 때문이었다.

학생들의 불만이 점점 커지는 것을 알아차린 교장 선생님이 학생들을 한 자리에 모두 불리모은 뒤 말했다.

"그 학생은 빵에 넣는 이스트와 같다. 그가 이곳에 없다면 그대들은 진정으로 배울 수가 없을 것이다. 그를 통해서 그대들은 분노에 대해, 조급함에 대해, 그리고 이기심과 이해심에 대해 배우고 있는 중이다. 바로 그런 것들을 배우기 위해 그대들은 내게 돈을 내는 것이고, 난 그 돈으로 이 학생을 이곳에 머무르게 한 것이다."

오만한 사람에게는 세상이 모두 쓸모 없는 것으로 가득한 것처럼 보이지만,
겸손한 사람에게는 세상의 모든 것이 훌륭한 스승이 되는 법입니다.

## 아들의 선물

한 소년이 아버지와 함께 앉아 이야기를 나누고 있었다.

"아빠, 다가오는 아버지의 날이 기다려져요. 작년 아버지의 날 때에는 아빠에게 선물을 드리지 못했잖아요. 이번에는 꼭 선물을 준비하겠어요. 기대하세요."

그러자 아버지는 빙그레 웃으며 이렇게 대답했다.

"얘야. 아빠는 지금도 작년 아버지의 날을 잊을 수가 없단다. 너는 그 무엇보다 소중한 선물을 나에게 주었으니까 말이다."

"제가요? 저는 아무 것도 드린 게 없는데요?"

"잘 생각해 보거라. 아버지의 날 바로 전날이었지. 나는 오후에 우연히 가게 근처를 지나다가 가게 안에서 서성이는 너를 발견했단다. 너는 밖에서 내가 보고 있는 걸 모르고 있었지만 말이다. 그때 너는 나에게 줄 선물을 고르는 듯 이것저것 만지다가 그 중에 하나를 슬쩍 주머니에 넣었었지. 너에게는 돈이 없었던 모양이었어. 그래서 그것을 훔치고 있다고 나는 생각했지."

아빠는 아들을 바라보다가 다시 말을 이었다.

180

"아빠는 너무나 가슴이 아팠지. 그런데 말이다. 너는 가게를 나오려다가 다시 주춤거리더니 주머니에서 그것을 꺼내어 다시 제자리에 놓고 나오더구나. 그리고 가게를 나오는 너의 얼굴은 내게 줄 선물을 구하지 못한 아쉬움이 남아 있었지. 그러나 아들아, 아빠는 너무나 기뻤단다. 네가 그것을 제 자리에 갖다 놓았을 때, 아빠는 그 어떤 선물보다 가장 소중한 아버지의 날 선물을 받은 거란다."

다른 것은 필요 없습니다.
당신의 마음이면 충분합니다.
그것이 바로 세상에서
가장 소중한 선물이니까요.

## 마음 편히 사는 사람은 없다

　마음 착한 부부가 있었다. 그들은 한평생을 두고 가난한 사람들을 도왔으며, 남을 괴롭힌 적이 없었다. 그렇게 살다가 그들은 죽음을 맞이하여 염라대왕 앞으로 갔다.

　염라대왕이 말했다.

　"그대들은 매우 훌륭하게 일생을 보냈소. 따라서 이 곳에 머무를 필요 없이 곧바로 인간 세상으로 다시 내보내 주겠소. 그러니 그대들이 원하는 삶을 말해 보시오."

　노부부가 말했다.

　"별다른 욕심은 없습니다."

　"부잣집에서 태어나고 싶지 않은가?"

　"반드시 부자가 되고 싶지는 않습니다."

　"귀한 집안에서 태어나고 싶지는 않은가?"

　"반드시 귀한 집안이라야 할 것도 없습니다."

　"이상하구나. 모든 사람이 부귀를 바라거늘 너희들은 왜 그것을 바라지 않는단 말이냐?"

　노부부가 말했다.

　"대왕님, 그런 것들은 저희가 전생에 이미 누려 본 바입니

182

다. 따라서 저희가 바라는 것은 아주 조촐합니다. 그저 몸이 나 아프지 않고, 가끔 책이나 읽으면서 화초를 가꾸고, 때로는 산책을 즐길 수 있는 그런 삶이라면 족하겠습니다. 매일매일 편한 마음으로 아침을 맞고 담담한 마음으로 저녁을 보낼 수 있다면 그 이상은 어떤 것도 바라지 않습니다."

그 말을 들은 염라대왕은 버럭 화를 내었다.

"그게 어찌 작은 욕심이란 말이냐? 그거야말로 욕심 가운데 가장 큰 욕심이 아니더냐. 그런 삶이 있다면 나부터라도 당장에 염라대왕 노릇을 그만두고 그런 삶을 선택하겠다."

아무 탈없이 편안한 하루, 그리고 그렇게 평범하다고 생각되는 삶이 가장 행복한 삶입니다.

# 빨간 부리를 가진 초록색 앵무새

옛날 어느 나라에 아주 고약한 왕이 있었다.

그는 용상에 앉아 있다가도 특별한 이유도 없이 자신의 심기가 불편해지면 당장에 누구든 죽였기 때문에 그 밑에 있던 신하들은 왕을 모시기가 여간 까다로운 것이 아니었다.

뿐만 아니라 식성까지 까다로웠기 때문에 먹는 것도 아무것이나 함부로 식탁에 올릴 수도 없었다. 만약 구하기 힘든 것을 어렵게 구해 식탁에 올렸다가 그것을 더 가져오라고 하여 금방 구하지 못하는 날에는 영락없이 누군가가 죽음을 당했기 때문이다.

고민을 거듭하던 신하들은 마침내 왕의 까다로운 식성을 맞추면서도 아무도 죽음의 골짜기로 가지 않는 방법을 깨우치게 되었다.

신하들은 왕의 식탁에 일년 내내 시금치만 올리기로 하였다. 그것은 언제나 금방 구할 수 있었으니 문제가 없기 때문이다. 하지만 왕이 "이 음식이 무엇인가?"라고 물었을 때, 만약 "예, 그것은 시금치입니다."라고 말하면 그 값싸고 흔한 시금치를 매일 식탁에 올렸다고 불호령이 떨어질 게 뻔했기 때문에 신하들은 이렇게 대답하기로 약속하였다.

　"예, 그것은 아주 구하기 힘든 '빨간 부리를 가진 초록색 앵무새' 라고 합니다."

　결국 왕은 죽을 때까지 '빨간 부리를 가진 초록색 앵무새' 만을 즐겨 먹었다.

모든 사람의 마음을 편하게 만들어 주는 사람이야말로
지혜로운 사람입니다.
주변 사람들이 당신을 '가까이 하기에 너무 어려운 사람' 이라고
생각하기 시작한다면
당신은 이미 세상의 반을 잃고 있는 것과 같은 것입니다.

마음을 가꾸어 주는 소중한 이야기

이도환 글
유도공 그림

펴낸이 / 최병섭
표낸곳 / 이가출판사
펴낸날 / 2000년 12월 16일
출판등록 / 1987년 11월 23일 제 1- 547호
주소 / 서울시 마포구 헌석동 44번지
(대진빌딩 202호)
전화번호 / 713-1993, FAX / 713-1994

값 6,800원

ISBN 89 - 7547 - 052 - 0